निज़ाम हैदराबाद

भाग्यनगर का क़ैदी

तेजपाल सिंह धामा

हिन्द पॉकेट बुक्स
पेंगुइन रैंडम हाउस इम्प्रिंट

हिन्द पॉकेट बुक्स

यूएसए | कैनेडा | यूके | आयरलैंड | ऑस्ट्रेलिया
न्यू ज़ीलैंड | भारत | साउथ अफ्रीका | चीन | सिंगापुर

हिन्द पॉकेट बुक्स, पेंगुइन रैंडम हाउस ग्रुप ऑफ़ कम्पनीज़ का हिस्सा है,
जिसका पता global.penguinrandomhouse.com पर मिलेगा

पेंगुइन रैंडम हाउस इंडिया प्रा. लि.,
चौथी मंजिल, कैपिटल टावर -1, एम जी रोड,
गुड़गांव 122 002, हरियाणा, भारत

पेंगुइन
रैंडम हाउस
इंडिया

प्रथम हिन्दी संस्करण हिन्द पॉकेट बुक्स द्वारा 2009 में प्रकाशित
यह हिन्दी संस्करण हिन्द पॉकेट बुक्स में पेंगुइन रैंडम हाउस द्वारा 2022 में प्रकाशित

10 9 8 7 6 5 4 3 2

ISBN 9789353493844

मुद्रकः रेप्रो इंडिया लिमिटेड

www.penguin.co.in

महाशय राजपाल जी को सादर समर्पित, जिन्होंने प्रकाशन की स्वतंत्रता की रक्षा के लिए कर्तव्य की बलिवेदी पर अपना बलिदान दे दिया

महबूब
अली

आजादी से पूर्व का भारत
कश्मीर
बलूचिस्तान
राजपूताना
मध्य
भारत
उड़ीसा
मणिपुर
त्रिपुरा
हैदराबाद
मैसूर
कोचीन
ट्रावनकोर
अंग्रेजी राज्य
देसी राज्य
देसी राज्य लेकिन
अनिर्णय की स्थिति

भारत
हैदराबाद

पुस्तक-कथा

छब्बीस अक्टूबर 1996 को मैंने पहली बार भाग्यनगर अर्थात् हैदराबाद की बलिदानी भूमि पर कदम रखा और उसके बाद फिर हैदराबाद से 110 किलोमीटर दूर पालमूर अर्थात् महबूबनगर को अपनी कार्यभूमि बनाया। मैंने आंध्र प्रदेश को न केवल करीब से देखा, बल्कि तेलुगू भाषा सीखी और आंध्र संस्कृति को बड़े पैमाने पर आत्मसात् भी किया।

एक दशक से अधिक समय तक आंध्रा में रहने के दौरान लेखक को हिन्दी प्रचार, दुर्व्यसनमुक्ति आंदोलन व हिन्दी पत्रकारिता में महत्वपूर्ण भूमिका अदा करने के दौरान स्थानीय लोगों से निज़ाम के बारे में ढेर सारे किस्से-कहानियां सुनने को मिले। इन्हीं किस्से-कहानियों व अनुसंधान पर इस उपन्यास की नींव रखी गई है। 1997 में मरकल निवासी बालय्या दंपती ने निज़ाम के विषय में कई रोचक आंखों देखे संस्मरण सुनाए, जो इस उपन्यास में यथास्थान समावेशित कर दिए गए हैं।

लेखक को हिन्दी में प्रकाशित 'आंध्र प्रदेश का गौरवशाली इतिहास' के अलावा तेलुगू भाषा में प्रकाशित निज़ाम से संबद्ध कई महत्वपूर्ण संदर्भ ग्रंथ और हैदराबाद आर्य समाज, जिसने हैदराबाद मुक्ति आंदोलन में सबसे अहम भूमिका निभायी थी, द्वारा भिन्न-भिन्न समय पर प्रकाशित स्मारिकाएं व साप्ताहिक 'हिन्दी मिलाप' जिस पर निज़ाम ने प्रतिबंध भी लगा दिया था, उसके प्रतिबंधित अंकों की फाइल (डी. गोपाल किशन आर्य के घर से प्राप्त) आदि भी पढ़ने को मिली हैं, जिनके निष्कर्ष ने इस पुस्तक की कथावस्तु रची है। इसके अलावा निज़ाम के शासन के खिलाफ मुक्ति संग्राम में भाग लेने वाले कई वरिष्ठ स्वतंत्रता सेनानियों से भी समय-समय पर साक्षात्कार लिए गए हैं। इसके लिए रामचंद्रराव वंदेमातरम् (अब स्वर्गीय), डी. बालय्या, सुखदेव आर्य, कालीदास काशीकर

आदि का मैं हृदय से आभारी हूं। वंदेमातरम् व सुखदेव आर्य का हैदराबाद मुक्ति आंदोलन में महत्वपूर्ण योगदान रहा है। सुखदेव आर्य ने गोलीपुरा के नजदीक अपने घर के ठीक सामने आर्य समाज के भव्य भवन का निर्माण भी कराया है। इसी आर्य समाज में 26 जनवरी 1998 को हैदराबाद के निज़ाम की निजी फोटो एल्बम व अन्य महत्वपूर्ण सामग्री प्रदर्शित की गई थी। निज़ाम से संबद्ध यह सामग्री आर्य समाज के ही एक सदस्य के पास अब तक सुरक्षित है। काशीकर जी ने वहीं आर्य समाज के नजदीक दशकों पहले एक पुस्तकालय की स्थापना करवाई थी, जो आज सार्वजनिक संपत्ति है, इसमें भी निज़ाम के संबंध में बहुत सी प्रकाशित सामग्री पढ़ने का सौभाग्य मिला। इसके अलावा गुरुदत्त, दीवान जरमनी दास, डोमिनीक लापिएर और जेवियर मोरो द्वारा लिखित विभिन्न पुस्तकों में निज़ाम के संबंध में महत्वपूर्ण रोचक तथ्य पढ़ने को मिले। मैं यह भी स्पष्ट करना चाहता हूं कि यह पुस्तक अनुश्रूतियों, किस्से कहानियों और प्रकाशित सामग्री के आधार पर भले ही लिखी गई निज़ाम की महागाथा है, फिर भी यह एक उपन्यास ही है। इसलिए इसके चरित्र वास्तविक हों या काल्पनिक और जो ऐसे नाम प्रयोग किए गए हैं, वे सब लेखक की व्याख्या और कल्पना की उपज हैं। इसलिए इस ग्रंथ को मात्र उपन्यास ही समझा जाए।

लेखक का निष्कर्ष है कि हैदराबाद ऐसा नगरद्वय है, जिसका सबसे पहला नाम भागमती के नाम पर भागनगर रखा गया और बाद में भाग्यलक्ष्मी के नाम पर भाग्यनगर। गोलकोंडा के पांचवें कुतुबशाही मोहम्मद कुली (शा.1580-1612) ने भागमती नामक हिन्दू कन्या से पाणिग्रहण किया था और उनके नाम पर इस क्षेत्र का नाम भागनगर रख दिया था। जर्मन विद्वान जान पीपर तक ने इस बात का उल्लेख किया है। 'भाग्यनगर दर्पण' नामक पुस्तक में भाग्यलक्ष्मी के विषय में पढ़ने को मिल सकता है। छठवें निज़ाम महबूब अली खान ने भाग्यलक्ष्मी के नाम पर हैदराबाद का नाम भाग्यनगर कर दिया था। महबूब अली खान के विषय में दीवान जरमनी दास ने अपनी प्रसिद्ध पुस्तक 'महाराजा' में लिखा है कि "अपनी बहुतेरी बेगमों के होते हुए उनका ताल्लुक एक बदनाम

औरत से था, जो एक मारवाड़ी महाजन की भी रखैल थी। उस औरत को एक लड़का पैदा हुआ, जो शक्ल-सूरत में मारवाड़ी से मिलता-जुलता था। निज़ाम के भाई-बन्धुओं का कहना था कि वही लड़का महल में लाया गया और उसे निज़ाम का बेटा क़रार दिया गया। ज्यों-ज्यों वह लड़का बड़ा होता गया, त्यों-त्यों उसकी चाल-ढाल और सूरत मारवाड़ी से मिलती गई। वैसी ही, पैसा जोड़ने की आदत उसमें आती गई।''

इस प्रकार दीवान जरमनी दास ने सातवें निज़ाम को रखैल की संतान और मारवाड़ी की नाजायज औलाद लिखा है, लेकिन हम उनसे सहमत नहीं हैं। बालय्या के अनुसार, भाग्यलक्ष्मी से छठे निज़ाम ने धर्म छिपाकर प्रेम अवश्य किया था, लेकिन जब भाग्यलक्ष्मी को पता चला कि जिससे वह विवाह करना चाहती है, वह मुस्लिम है, तो उसने प्रेम संबंध तोड़ लिए और बाद में भाग्यलक्ष्मी ने एक मारवाड़ी से शादी कर ली। लेकिन सत्ता के मद में चूर महबूब अली खान विवाहिता भाग्यलक्ष्मी को जबर्दस्ती अपनी रखैल बनाने के लिए शक्ति का दुरुपयोग कर रहा था और इसी दुरुपयोग के चलते भाग्यलक्ष्मी को मजबूर करने के लिए उसके बच्चे को महल में क़ैदी या बंधक बनाकर रखा गया था। यह क़ैदी बालक निज़ाम की वैध संतानों का प्रिय साथी हो गया और उनके साथ निज़ाम ने उसे भी विलायत पढ़ने के लिए भेज दिया। चूंकि वह साधारण बालक राजा-महाराजाओं के बालकों के साथ शिक्षा नहीं पा सकता था, इसलिए निज़ाम ने उसका नाम उस्मान रखते हुए उसके वालिद के रूप में अपने ही नाम की मुहर लगा दी और यही मुहर उसकी वैध संतान के लिए दर-दर की ठोकरे खिलाने वाली साबित हुई, क्योंकि अचानक ही महबूब अली खान की मृत्यु के बाद अंग्रेजों ने उस्मान को ही हैदराबाद रियासत का वारिस मान्य किया।

दीवान जरमनी दास ने इस विषय में लिखा है, ''जब उस्मान अली तख्त पर बैठे, तब फौरन ही उन्होंने शाही खानदान के सभी लोगों को महल से निकाल बाहर किया। उनमें से कुछ तो सड़कों पर भीख मांगते फिरने लगे। सलावत जाह और बसावत जाह ने ब्रिटिश सरकार से अपील की कि हैदराबाद का राज्य उनको दिया जाए, क्योंकि निज़ाम के जायज

बेटे वे ही हैं और उस्मान अली खां ज़बर्दस्ती तख़्त पर क़ाबिज है, जब कि वह निज़ाम की औलाद नहीं है।"

अंत में मैं उन सभी लोगों के प्रति आभार व्यक्त करता हूं, जिन्होंने इस पुस्तक के लेखन में मेरी मदद की है। आशा है यह पुस्तक मनोरंजन के साथ-साथ इतिहास के कुछ अनछुए पहलुओं को उजागर करने में भी महती भूमिका अदा करेगी।

जुब्ली हिल्स,
हैदराबाद

तेजपाल सिंह धामा

"भाग्यलक्ष्मी! नेनु नीकु चाला प्रेमचेस्ता।"[1] उस युवक ने बड़ी ही आशा भरी दृष्टि से पूछा।

"निजम ने राजा!" भाग्यलक्ष्मी ने कहा, "अय्यो रामा! नाकू चाला सिग्गू ओस्तुनई।"[2]

"हाय, इतनी शरम!"

"और बेरशरम हो जाऊं क्या?" भाग्यलक्ष्मी ने कहा, "लड़की विवाह से पहले ही तो शरमाती और उसके बाद तो...।"

"वर जीवनभर पछताता है," युवक ने कहा, "लेकिन मैं ऐसा लड़का नहीं कि विवाह के बाद जीवनभर पछताऊं!"

"तुम कोई निज़ाम हो क्या?"

"और नहीं तो क्या?" उस युवक ने कहा, "मैं निज़ाम ही तो हूं।"

"क्या?" भाग्यलक्ष्मी की आंखें आश्चर्य से फटी-की-फटी रह गई, "नुव्वु निजम चेपतुन्नावा?"[3]

"खुदा कसम!"

"खुदा कसम?" भाग्यलक्ष्मी ने कहा, "अर्थात् तुम म्लेच्छ हो, तुमने मुझसे प्रेम करके मेरा धर्म भ्रष्ट किया?"

"एक सम्राट ने तुमसे प्रेम किया और तुम कहती हो कि तुम्हारा धर्म भ्रष्ट हो गया," उस युवक ने कहा, "तुम्हें तो गर्व होना चाहिए कि तुम्हें उसने चाहा है, जिसको पाने के लिए हैदराबाद रियासत की लाखों हसीनाएं दिन में भी सपने देखा करती हैं।"

"देखा करती होंगी, लेकिन मैं उनमें से नहीं हूं। मैं एक आर्य कन्या हूं और आर्य कन्या अपने शरीर, मन और प्रेम से ज्यादा धर्म को महत्व देती है।"

"ओह! समझा। लेकिन मेरी प्रियतमा प्रेम के आगे धर्म को महत्व नहीं दिया जाना चाहिए, क्योंकि जहां प्रेम है, धर्म की कल्पना भी वहीं संभव है।"

"धर्म कोई कल्पना नहीं, वह तो शाश्वत सत्य है।"

"तो क्या तुम मुझसे निकाह नहीं पढ़ोगी?"

"निकाह और तुमसे?," भाग्यलक्ष्मी ने कहा, "यदि तुम हिन्दू होते तो तुमसे विवाह अवश्य कर लेती, लेकिन अब संभव नहीं।" फिर उसने क्रोध में कहा, "तुमने मुझसे धोखा किया है।"

"कैसा धोखा?"

"तुमने अपना धर्म छिपाकर मेरे साथ विश्वासघात किया है।"

"भाग्यलक्ष्मी, प्रेम करने वालों का कोई धर्म नहीं होता, प्रेम तो अपने आप में एक धर्म है।"

"अपनी दार्शनिकता अपने पास रखो और आइंदा मुझसे मिलने की कोशिश नहीं करना।"

"मगर भाग्यलक्ष्मी, मैं तुम्हारे बिना जिंदा नहीं रह सकता।"

"अच्छा ही होगा!"

"क्या धर्म को तुम प्रेम से बढ़कर समझती हो?"

"हां, धर्म के आगे मेरे लिए प्रेम कुछ नहीं, प्रेम तो मिट्टी की इस काया से किया जाता है। यह काया तो नश्वर है, लेकिन धर्म तो मेरी आत्मा में जन्म-जन्मांतर के संस्कारों से पोषित है, इसलिए इसे त्यागा नहीं जा सकता।"[4]

"एक बात कहूं भाग्यलक्ष्मी?"

"मैं तुमसे अब कोई बात नहीं करना चाहती।"

"लेकिन मेरी बात सुनो तो," उसने फिर कहा, "यदि मैं हिन्दू धर्म अपना लूं, तो क्या तुम मुझसे तब विवाह कर लोगी।"

"किसी मुसलमान को हिन्दू नहीं बनाया जा सकता।"

"क्यों नहीं बनाया जा सकता," उसने पूछा, "जब हिन्दू को मुसलमान बनाया जा सकता है, तो मुस्लिम को हिन्दू क्यों नहीं बनाया जा सकता?"

"इसका जवाब मेरे पास नहीं है?"

"तो किसके पास है?"

"काशी के पंडितों के पास।"

"ठीक है तो मैं काशी के पंडितों के पास जाकर ही पूछूंगा कि मैं मुसलमान से हिन्दू कैसे बन सकता हूं।"

"जाओ पूछो और यदि उन्होंने तुम्हें हिन्दू बना दिया, तो मैं तुमसे विवाह अवश्य कर लूंगी।"

भाग्यलक्ष्मी का यह प्रेमी हैदराबाद रियासत का छह वां निज़ाम था। हैदराबाद राज्य की बुनियाद मीर क़मरूद्दीन अली खां ने डाली थी, जो मुगल बादशाह के दिए खिताब आसफ़जाह के नाम से मशहूर थे। उनके वालिद ग़ाज़ीउद्दीन खां औरंगज़ेब की फ़ौज़ में सिपहसालार थे। वे अपने को पैग़म्बर हजरत मुहम्मद के ससुर ख़लीफ़ा अबू बकर के ख़ानदान का बतलाते थे। मुगल बादशाह औरंगजेब की वर्षों तक सेवा करके, युद्ध और राजनीतिक कुशलता में समान रूप से नाम और यश कमाने के बाद, सन् 1713 में आसफ़जाह को दक्खिणी इलाक़े का सूबेदार तैनात किया गया। उनको निज़ाम-उल-मुल्क का खिताब दिया गया, जो उनके वंश का परंपरागत खिताब बन गया।

मुगल सल्तनत का जब पतन का दौर शुरू हुआ तो आसफ़जाह ने अपने को स्वतंत्र घोषित कर दिया, इससे मुगल शहंशाह का खून खौल उठा और उन्होंने उसका दमन करने के लिए खानदेश के सूबेदार मुबारिज़ खां को पोशीदा तौर पर हुक्म जारी किया कि नवाब आसफ़जाह को फ़ौजी ताक़त से दबाया जाए। बरार के बुलडाना जिले में शाकरखेल्डा के मैदान में सन् 1724 में भयंकर लड़ाई हुई, जिसमें मुबारिज़ खां मारा गया, इस प्रकार आसफ़जाह जंग जीतकर एक स्वतंत्र शासक बन गया और उसने बरार को सल्तनत में मिला लिया तथा हैदराबाद को राजधानी

बनाया। निज़ाम की राज्य-सीमा में एक बहुत दूर तक फैला हुआ पठार था, जिसकी औसत ऊंचाई समुद्र-तल से 1250 फ़ीट है, उस पठार के बीच-बीच में पहाड़ियां हैं, जो 2500 फ़ीट से लेकर 3500 फ़ीट तक ऊंची हैं। तत्कालीन राज्य का कुल 80,000 वर्ग मील का क्षेत्रफल, इंग्लैंड और स्कॉटलैंड के सम्मिलित क्षेत्रफल से भी अधिक था। इस प्रकार मुगलों का हाकिम एक विशाल भू-भाग का भाग्य निर्माता बन गया। निज़ाम का अर्थ है–हाकिम, जो मुग़लों के ज़माने में हैदराबाद का सूबेदार हुआ करता था। मुग़ल साम्राज्य के खात्मे के बाद, निज़ाम ने, जो स्वतन्त्र हो चुके थे, ईस्ट इण्डिया कम्पनी से सुलह कर ली। बाद में जब भारत में ब्रिटिश सत्ता स्थापित हो गई, तब देश के अन्य राजा-महाराजाओं की तरह निज़ाम भी ग्रेट ब्रिटेन के सम्राट् के अधीन हो गए। हैदराबाद का छह वां निज़ाम एक हिन्दू युवती भाग्यलक्ष्मी से बेहद प्रेम करता था। वह उससे प्रतिदिन अवश्य मिलता था। वर्षा के दिनों में अपनी प्रेमिका से मिलने के लिए उसने बाढ़ के जल से लबालब मूसी नदी को न जाने तैर कर कितनी बार पार किया था। प्रेमिका के लिए अपनी जान को खतरे में डालने वाला निज़ाम भाग्यलक्ष्मी को हर कीमत पर अपनी बेगम बनाना चाहता था, पर भाग्यलक्ष्मी को जब पता चला कि उसका प्रेमी हिन्दू नहीं मुसलमान है, तो उसका प्रेम घृणा में बदल गया। परंतु फिर भी उसने कह दिया कि यदि काशी के पंडितों ने निज़ाम को हिन्दू बना दिया तो वह उससे विवाह अवश्य कर लेगी।

निज़ाम ने काशी के सबसे बड़े पंडित आत्माराम से अपने को शुद्ध करके हिन्दू बनाने की याचना की, "बिरहमन देव, मैं हिन्दू बनना चाहता हूं।"

"मगर आप तो मुसलमान हैं।"

"जी हां।"

"आप हिन्दू क्यों बनना चाहते हैं?"

"दरअसल, मैं एक हिन्दू युवती से विवाह करना चाहता हूं। उसकी शर्त है कि वह मुझसे विवाह तभी कर सकती है, जब मैं इस्लाम का त्याग

कर हिन्दू बन जाऊं।"

"जाओ एक गधा ले आओ।"

निज़ाम कहीं से एक गधा ले आया। पंडित निज़ाम व गधे को लेकर गंगा तट पर पहुंचा। वहां जाकर उसने निज़ाम को आज्ञा दी, "गधे को लेकर गंगा में स्नान कराओ और स्वयं भी करो।"

"जो आज्ञा बिरहमन।"

निज़ाम गधे को गंगा जी में स्नान कराने लगा तथा स्वयं भी स्नान करने लगा। जब बहुत देर हो गई तो उसने पूछा, "बिरहमन देव, क्या मेरे शुद्धीकरण की प्रक्रिया समाप्त हो गई।"

"नहीं?"

"कितना वक्त लगेगा?"

"जब तक गधा स्नान करते-करते बैल नहीं बन जाता, तब तक तुम्हारा शुद्धीकरण नहीं हो सकता!"

"देव, क्या गधा गंगा जी में नहाने से बैल बन जाएगा?"

"क्यों नहीं बन सकता?"

"यह तो असंभव है?"

"मूर्ख म्लेच्छ, जब गंगा में नहाने से गधा बैल नहीं बन सकता, तो एक मुसलमान गंगा में नहाने से हिन्दू कैसे बन सकता है?"

"तो क्या मेरा शुद्धी संस्कार संभव नहीं।"

"नहीं कदाचित नहीं।"

और इस प्रकार काशी के पंडितों से निराश होकर निज़ाम वापस हैदराबाद लौट आया।

***

जब भाग्यलक्ष्मी को पता चला कि निज़ाम को काशी के पंडितों ने हिन्दू बनाने से इंकार कर दिया और व्यवस्था दी है कि कोई भी मुसलमान हिन्दू नहीं बन सकता, तो उसने निज़ाम से न केवल विवाह करने से

इंकार कर दिया, बल्कि उससे मिलने से भी मना कर दिया। जब यह बात भाग्यलक्ष्मी के घरवालों को पता चली तो उन्होंने यह सोचकर कि कहीं निज़ाम उनकी बेटी का अपहरण न कर ले, जल्दबाजी में एक मारवाड़ी युवक व्योमेश से उसका विवाह कर दिया। जब निज़ाम को भाग्यलक्ष्मी के विवाह का समाचार मिला तो वह बहुत दुःखी हुआ, लेकिन उसने विवाह में अमूल्य उपहार अपनी ओर से भेजे। निज़ाम अत्यंत दुःखित रहने लगा। निज़ाम ने उसे भुलाने की भरसक कोशिश की, लेकिन वह उसे भुला नहीं पाया। उसने अपनी राजधानी हैदराबाद का नाम भाग्यनगर कर दिया, ताकि इसी नाम के सहारे उसका गम थोड़ा कम हो सके, लेकिन कुछ न हुआ, उल्टा मुसलमानों के भारी विरोध का सामना करना पड़ा। निज़ाम के सलाहकारों ने एक के बाद कई युवतियों से निज़ाम की शादी करवाई, लेकिन वह तो अपना दिल भाग्यलक्ष्मी को दे चुके थे।

भाग्यलक्ष्मी के वियोग में निज़ाम बड़ा ही उदार व्यक्ति बन गया था। उन्होंने अपनी रियासत को हमेशा खुशहाल रखा। वे रियाया की हालत सुधारने और उसका जीवन सुखी बनाने के लिए शासन में नए सुधार लाने की कोशिश करता था।

कालांतर में चिहम पुत्री भाग्यलक्ष्मी ने एक पुत्र को जन्म दिया, जिसका नाम उमेश रखा गया। उधर, निज़ाम के भी कई निकाह हो चुके थे और वह भी अब तक दो बच्चों का पिता बन चुका था। निज़ाम के दोनों शहजादों का नाम सलावत जाह और बसावत जाह रखा गया था। भरी-पूरी गृहस्थी होने के बाद भी निज़ाम भाग्यलक्ष्मी को भुला नहीं पाया था। इसलिए उसने एक दिन अपने प्रधानमंत्री को आदेश दिया, “हम भाग्यलक्ष्मी को भुला नहीं सकते, क्या ऐसा कोई रास्ता नहीं जिससे हमें भाग्यलक्ष्मी मिल जाए?”

"है क्यों नहीं हिज हाइनेस!"

"क्या है ऐसा रास्ता?"

"आप तो भाग्यनगर के शहंशाह हैं, भाग्य-विधाता हैं। भाग्यनगर की हर वस्तु, हर संपत्ति और हर नागरिक पर आपका अधिकार है।"

"हां, तुम सही कहते हो, अपनी रियाया पर हमारा पूरा अधिकार है।"

"तो फिर देर किस बात की है, व्योमेश पर दबाव डालें कि वह भाग्यलक्ष्मी को तलाक दे दें और फिर आप उससे निकाह पढ़ लें।"

"आपने वजा फरमाया।"

और फिर व्योमेश पर भाग्यलक्ष्मी को तलाक दिलवाने के लिए दबाव कैसे डलवाया जाए? वे इसकी योजना बनाने लगे।

"राजा प्रजा की इज्जत-आबरू का रक्षक होता है," आंखों से शोले भड़काते हुए व्योमेश ने निज़ाम के प्रधानमंत्री से पूछा, "यदि भक्षक नहीं, फिर निज़ाम ने ऐसा आदेश क्यों दिया?"

"भाग्यलक्ष्मी के वियोग में उनकी देह सूखकर कांटा हो गई है और उन्होंने चारपायी पकड़ ली है," प्रधानमंत्री ने सहज होकर कहा, "यह निर्णय निज़ाम का नहीं, मंत्रिमंडल का है कि आपको भाग्यलक्ष्मी को तलाक देना होगा और उसके बाद निज़ाम उनसे निकाह पढ़कर उन्हें अपनी बेगम बनाएंगे।"

"यह असंभव है, हिन्दू धर्म में धर्मपत्नी को अर्धांग्नी क़हा जाता है और हमारे यहां विवाह विच्छेद का प्रावधान नहीं है, बल्कि पति मर जाए तो उसके साथ सती होने की व्यवस्था अवश्य है।"

"सती स्त्री के साथ ही तो सात जन्मों तक साथ का प्रावधान है," फिर कुछ रुककर उन्होंने कहा, "परंतु भाग्यलक्ष्मी आपसे विवाह से पहले निज़ाम को प्रेम करती थी और उमेश आपका नहीं बल्कि हिज हाइनेस का...।"

"क्या?" व्योमेश का खून खौल उठा, "म्लेच्छ तुम्हारी इतनी हिम्मत कि मेरी पत्नी के चरित्र पर लांछन लगाते हो?"

"लांछन नहीं यह सच्चाई है, खुद भाग्यलक्ष्मी से पूछ लो।"

व्योमेश खामोश हो गया, फिर थोड़ा सहज होकर बोला, "विवाह से पहले भाग्यलक्ष्मी का चरित्र कैसा भी रहा हो, लेकिन मेरे साथ सात फेरे लेकर वह मेरी धर्मपत्नी बन गई है, इसलिए इज्जत के साथ उसके संग जीवन निर्वाह करना अब मेरा धर्म है।"

"नहीं, तुम भाग्यलक्ष्मी के साथ आगे जीवन निर्वाह नहीं कर सकते, तुम्हें उसे तलाक देना ही होगा!"

"लेकिन हिन्दू धर्म में तलाक देने की व्यवस्था नहीं है।"

"तो फिर इस्लामी व्यवस्था के अनुसार तलाक दे दो।"

"वाह! विवाह हिन्दू पद्धति से किया और तलाक मुस्लिम पद्धति से देकर अपने शरीर के आधे अंग को काटकर फेंक दूं। क्या आधा शरीर काटकर कोई जीवित रह सकता है?"

"अब तक हमने शराफत से काम लिया," प्रधानमंत्री गरम हो गए, "आप जानते ही हैं कि हमने न जाने अब तक कितनी हिन्दू युवतियों को उठाकर हरम में पहुचाया है। बड़े निज़ाम की तीन हजार बेगमें थीं और उनमें से ढाई हजार हिन्दू युवतियां थीं, जिनका अपहरण करने के बाद उनसे निकाह पढ़ाया गया था।"

"तो आपका इशारा...।"

"हां हमें शक्ति का इस्तेमाल करना होगा।"

"ठीक है, मुझे कल तक सोच-विचार का समय चाहिए।"

"कल तक सोच-विचार का समय नहीं, भाग्यलक्ष्मी को तलाक का वक्त देते हैं," और फिर प्रधानमंत्री ने भाग्यलक्ष्मी के पुत्र उमेश को, जो वहीं खड़ा था, सिपाहियों को उसे हिरासत में लेने का संकेत किया और व्योमेश को कहा, "जब तक तुम भाग्यलक्ष्मी को तलाक नहीं दे देते, तब तक उमेश हमारी देखरेख में रहेगा।"

"इतना जुल्म न कीजिए।" वह गिड़गिड़ाया।

और निज़ाम की पलटन व्योमेश के घर से चली गई। थोड़ी ही देर में यह बात सारे हैदराबाद में फैल गई। बदनामी के भय और धर्म की रक्षा के लिए व्योमेश और भाग्यलक्ष्मी ने परिवार के अन्य सदस्यों के साथ आत्महत्या कर ली। लेकिन बालक उमेश बच गया था, क्योंकि निज़ाम के आदेश से उसे प्रधानमंत्री अपने साथ लेकर राजमहल में चला आया था।

और फिर एक तरफ तो भाग्यलक्ष्मी की श्मशान यात्रा निकली और दूसरी तरफ ईद के मौके पर निज़ाम की शोभायात्रा। दोनों यात्राओं में कितना अंतर था।

ଓଃ

भाग्यलक्ष्मी का लड़का शक्ल-सूरत में मारवाड़ी व्योमेश से ही मिलता-जुलता था। परंतु वह लड़का महल में लाया गया और उसे निज़ाम का बेटा क़रार दिया गया। उसका नाम उमेश से उस्मान रख दिया गया। उमेश उस समय इतना छोटा था कि वह ज्यों-ज्यों बड़ा होता गया, निज़ाम को ही अपना बाप समझने लगा। लेकिन ज्यों-ज्यों वह लड़का बड़ा होता गया, त्यों-त्यों उसकी चाल-ढाल और सूरत मारवाड़ी व्योमेश से मिलती गई। वैसी ही, पैसा जोड़ने की आदत उसमें आती गई।[5]

उस्मान की मारवाड़ी जैसी आदतें सुधारने में नाकामयाब होने पर निज़ाम ने भारत सरकार को शिकायत लिखी, "उस्मान उनका नहीं है, बल्कि उनके दोनों सगे बेटे, जो सलावत जाह और बसावत जाह हैं, उनकी कानूनन ब्याहता बीवियों से पैदा हैं, इसलिए वे दोनों ही तख्त के असली वारिस हैं।"

भारत सरकार की ओर से पत्र आया, "समय आने पर आपकी शिकायत पर गौर फरमाया जाएगा।"

सलावत जाह और बसावत जाह की शक्ल-सूरत व चाल-ढाल निज़ाम जैसी थी। उस्मान अली, जो बचपन से ही चालाक था, इस तजवीज़ का

पता पा गया और उसी दिन से दुआ मांगने लगा कि उसका यह नकली बाप मर जाए। अचानक निज़ाम बीमार पड़े और कुछ दिनों बाद मर गए, परन्तु वह लड़का जिसकी किस्मत में निज़ाम बनना लिखा था, उनकी बीमारी में उन्हें देखने तक न गया और मरते वक्त भी उनके करीब मौजूद न था। बल्कि वह दरबारियों को घूस देकर उन्हें अपने पक्ष में करने में व्यस्त था। रिश्वत के बल पर अंततः उस्मान ने सभी दरबारियों का विश्वास पा लिया और दरबारियों ने उसे ही गद्‌दी का असली वारिस स्वीकार किया। उस्मान ने ब्रिटिश अधिकारियों को भी भारी-भरकम रिश्वतें दी थी, इसलिए वह उनका भी वफ़ादार बन गया था।[6]

ब्रिटिश सरकार के वफ़ादार दोस्त, लेफ़्टीनेन्ट जनरल हिज़ एक्ज़ाल्टेड हाईनेस आसफ़जाह, मुज़फ्फर-उल-मुल्क, निज़ाम-उल-मुल्क, निज़ामुद्दौला सर मीर उस्मान अली खां बहादुर, फ़तेहजंग, जी. सी. एस. आई. जी. बी. ई, सन् 1911 में सातवें निज़ाम के रूप में हैदराबाद के तख्त पर रौनक-अफ़रोज हुए।

ജ്ജ.

जब उस्मान अली तख्त पर बैठे, तब फौरन ही उन्होंने शाही खानदान के सभी लोगों को महल से निकाल बाहर किया। उनमें से कुछ तो सड़कों पर भीख मांगते फिरने लगे।

परंतु सलावत जाह और बसावत जाह ने हिम्मत नहीं हारी और वे ब्रिटिश अधिकारियों की मदद से इंग्लैंड के शासक एडवर्ड सप्तम के समक्ष उपस्थित हुए और उनसे प्रत्यक्ष मिलकर अपील की, "शहंशाह-ए-जहां! हैदराबाद का राज्य हमको दिया जाए, क्योंकि निज़ाम के जायज बेटे हम ही हैं और उस्मान अली खां ज़बर्दस्ती तख्त पर क़ाबिज है, जब कि वह हमारे पिता की संतान नहीं है।"[7]

"आप कैसे कह सकते हैं, उस्मान आपके पिता की न तो संतान हैं और न ही आपका भाई है?"

“उसे तो महल में क़ैद करके लाया गया था! वह हैदराबाद की रिसासत का वारिस नहीं बल्कि क़ैदी है।”[9]

“हैदराबाद का वारिस नहीं क़ैदी है उस्मान, उसे क़ैद करके महल में लाया गया,” एडवर्ड थोड़ा मुस्कराया, “बरखुरदारों, किसी मुजरिम को क़ैद करके कारागार में ले जाया जाता है, महल में नहीं।”

दोनों शहजादे आगे कुछ सफाई नहीं दे पाये। शहजादे तो चले गए, लेकिन एडवर्ड कुछ सोच-विचार में पड़ गया और उसने गुप्तचर विभाग से सच्चाई की तह तक जाने के लिए आदेश जारी कर दिए।

उस्मान अली की खुशकिस्मती और दोनों शहजादों की बदकिस्मती से, इंग्लैंड के बादशाह एडवर्ड सप्तम, जिसने मामले की पूरी रिपोर्ट तैयार करने के लिए अधिकारियों को आदेश दे दिया था और जो सलावत जाह और बसावत जाह को तख़्त का असली वारिस मान कर उनके हक़ में फैसला देने वाले थे, वे अचानक ही मर गए। बादशाह के मरने से उस्मान अली को काफ़ी मौक़ा मिल गया और उन्होंने सोने की ईंटों व झिलमलाते जवाहरात की मदद से ऐसी तरकीबें लगाईं कि उन भाईयों की अपील खारिज कर दी गई और वे हैदाबाद रियासत के जायज़ व एकछत्र शासक बन बैठे।

ख़

छठे वें निज़ाम ने बम्बई का हैदराबाद पैलेस सलावत जाह को दे दिया था, मगर उस्मान अली ने उसे ज़ब्त कर लिया। सलावत जाह ने महल की जब्ती की शिकायत अंग्रेज़ रेज़ीडेन्ट से की, तो रेज़ीडेन्ट सलावत के साथ उस्मान के पास पहुंचे, “हिज़ हाईनेस आपने गैर कानूनी ढंग से हैदराबाद पैलेस का अधिग्रहण किया है।”

“आप क्या चाहते हैं?” निज़ाम उस्मान ने अंग्रेज रेज़ीडेन्ट से पूछा, “जरा हम भी तो जानें।”

“आप महल वापस कर दें।”

"यह तो असंभव है," निज़ाम उस्मान अली ने फिर चाल चली और रेज़ीडेन्ट से कहा, "महल की क़ीमत का तख़मीना लगवा लिया जाए और जो कीमत तय पाए, वह सलावत जाह को दिलाकर महल खुद हमारे क़ब्जे में रहने दिया जाए।"[10]

"क्यों?"

"क्योंकि उस महल का राजनीतिक महत्व है और सलावत को तो अब राजनीति से कुछ लेना-देना है नहीं," उन्होंने सलावत की ओर मुखातिब होकर कहा, "इसलिए इन्हें उसकी कीमत दी जाए।"

"हमें यह मंजूर है।" सलावत जाह ने बात मंजूर कर ली।

लेकिन रेज़ीडेन्ट ने पूछा, "महल की कीमत कौन तय करेगा?"

"बम्बई के सर कावसजी जहांगीर।"

"ठीक है।"

रेज़ीडेन्ट और सलावत जाह, दोनों ने यह बात मंजूर कर ली।

उस्मान अली ने अपने विश्वासपात्र प्राइवेट सेक्रेटरी को सर कावसजी जहांगीर के पास भेजा।

निजी सचिव ने उनसे प्रार्थना की, "आप महल की उचित कीमत आंकें और आपको आपका हिस्सा मिल जाएगा।"

"हम तो कीमत उचित ही आंकेंगें," सर कावसजी जहांगीर ने कहा, "लेकिन यह हिस्से वाली बात क्या है? क्या हमें रिश्वत देकर महल की कम कीमत अंकवाना चाहते हैं निज़ाम साहब?"

"आप सही समझे।"

"दूर हो जाओ हमारी नजरों से।" उन्होंने निज़ाम के निजी सचिव पर भड़कते हुए कहा, "हम ग़लत निर्णय देकर अपना यह लोक और परलोक नहीं बिगाड़ेंगे।"

निजी सचिव उसका मुंह ताकता रह गया।

सर कावसजी जहांगीर बड़े ईमानदार और न्यायप्रिय आदमी थे। उन्होंने उस्मान अली की प्रार्थना ठुकरा कर महल की क़ीमत आंकते हुए निजी सचिव से कहा, "हम उस महल के चप्पे-चप्पे से वाकिफ हैं। महल की वास्तविक कीमत सत्रह लाख रुपए से एक पैसा भी कम नहीं है, कहें तो लिखकर दे दूं।"

"लिख कर दे ही दीजिए, ईमानदार साहब।"

और उन्होंने महल की कीमत लिख दी।

"क्या, महल की कीमत सत्रह लाख रुपए निश्चित की गई है।" उस्मान निजी सचिव पर भड़क उठे, फिर उन्होंने थोड़ा सहज होकर कहा, "लेकिन महल हमारे कब्जे में रहना बहुत जरूरी है, इसलिए सलावत को सत्रह लाख रुपए हमारे निजी बैंक अकाउंट से दे दिए जाएं।"

"जी, हिज हाईनेस।"

"जी, हिज हाईनेस," निजी सचिव पर बिगड़ते हुए निज़ाम बोले और फिर थोड़े पछताते हुए बड़बड़ाए, "हमारी जमा-पूंजी में से इतनी बड़ी रक़म घट गई। पर किया ही क्या जा सकता है, कुछ पाने के लिए कुछ खोना भी तो पड़ेगा।"

कुछ दिनों बाद उस्मान अली ने महल को सरकारी जायदाद क़रार दे दिया। बाद में सलावत जाह की मृत्यु कुछ रहस्यमय परिस्थितियों में हो गई। उनकी तमाम जायदाद और सारा रुपया निज़ाम के हाथ लगा। कुछ लोगों का कहना है कि सलावत खां राज्य विरोधी गतिविधियों में लिप्त हो गया था, इसलिए उन्हें एक षड्यंत्र के तहत उस्मान अली ने अपने रास्ते से हटा दिया। लेकिन बसावत ने अपना कारोबार खड़ा कर लिया था, इसलिए उसने राजकाज की ओर से मुख मोड़ लिया था। यही कारण था कि निज़ाम ने उसे जीवित रहने दिया और उसे मरवाने के लिए कोई

षड्यंत्र नहीं रचा। हालांकि बसावत जाह को गुजारे के लिए 5000) रुपया माहवार मिलता रहा, जो भारत सरकार ने निश्चित कर दिया था। यह रुपया हैदराबाद के ख़जाने से दिया जाता था।

बेशुमार दौलत के मालिक होते हुए भी उस्मान बहुत ही कंजूस थे। वे अपने पर बहुत कम पैसा ख़र्च करते थे। उनमें सारे लक्षण अपने पिता व्योमेश के साकार हो गए थे। वह रक्त से तो मारवाड़ी ही था। पं. मदनमोहन मालवीय ने काशी में हिन्दू विश्वविद्यालय स्थापित करने की आधारशिला रखी थी और इस विश्वविद्यालय के निमित्त धन जुटाने के लिए देशाटन पर निकले हुए थे। चंदे में जो भी कोई कुछ दे देता था, वह उसे सहर्ष स्वीकार कर लेते थे। पंडित मदनमोहन घूमते हुए हैदराबाद पहुंचे। उन्होंने भी खूब सुन रखा था कि निज़ाम हिन्दुस्तान का सबसे धनवान सम्राट है। मदनमोहन मालवीय ने जब निज़ाम से मिलने की इच्छा व्यक्त की तो, निज़ाम ने मालवीय जी को मिलने का वक्त दे दिया, क्योंकि निज़ाम जानता था कि जो भी उनसे मिलने आता है, वह कुछ न कुछ भेंट निज़ाम को अवश्य देता है। लोगों से धन ऐंठने के लिए निज़ाम उनसे मुलाकात कर लिया करता था और विशेष दावतें भी आयोजित करता था। निज़ाम ने यह आदत अख्यितार कर ली थी कि हर दावत में अपनी रियासत के पांच-छः रईस और मालदार लोगों को बुलाना, उनको शैम्पेन के ग्लास पेश करवाना और उनसे पांच-छः लाख रुपया कमा लेना, जब कि शैम्पेन की क़ीमत शाही ख़जाने से चुकाई जाती थी। रईसों को अक्सर निज़ाम की तरफ़ से छोटे-छोटे मामूली उपहार भेजे जाते, जिनके एवज़ में उनके लिए लाज़िम हो जाता कि निज़ाम को क़ीमती उपहार भेजें। इस तरीक़े से भी निज़ाम क़ाफ़ी दौलत इकट्ठी किया करते थे। धन इकट्ठा करने की एक और तरकीब निज़ाम ने निकाली थी। उस्मान रईसों के यहां बिना बुलाये ही ग़मी, शादी-ब्याह व दूसरी रस्मों में चला

जाया करते थे। वहां उनको भेंट में सोने की गिन्नियां जरूर मिलती थीं, क्योंकि जनता भी कोपभाजन नहीं बनना चाहती थी। जब निज़ाम ने सुना कि बहुत बड़े पंडित जी उनसे मुलाकात करना चाहते हैं, तो उन्होंने सोचा कि पंडित जी उन्हें भेंट में कोई न कोई कीमती उपहार अवश्य देंगे। उन्हें क्या पता था कि पंडित कोई भेंट देने नहीं, बल्कि काशी विश्वविद्यालय के लिए उल्टे उनसे ही चंदा मांगने आए हैं। निज़ाम ने उनका स्वागत करते हुए कहा, "आइए बिरहमन, हमारे महल के तो भाग्य जाग गये, तो साक्षात देवता पधारे हैं।"

"हम देवता कहां हिज एक्ज़ाल्टेड हाइनेस! देवता तो आप हैं। आपने उस्मानिया विश्वविद्यालय बनवाकर सरस्वती देवी की अपने ही ढंग से अद्‌भुत पूजा की है।"

"हमने कहां...वह तो सब आप जैसे लोगों से एकत्र धन से स्थापित किया गया है।"[8]

"आप भी खूब विनोदी हैं हिज हाइनेस! कौन नहीं जानता कि आपको विरासत में भारी-भरकम खजाना मिला था। हैदराबाद रियासत में प्राचीन काल में सोने व हीरे-जवाहरातों की खाने थी, इसलिए इस प्रदेश को स्वर्णभूमि के नाम से भी जाना जाता है। इन्हीं खानों की बदौलत आपसे पहले हुए निज़ामों ने बेहिसाब दौलत जमा की थी। उन्हीं की बदौलत आपके पास दुनिया की तवारीख में बेमिस्ल जवाहरात का महाभंडार है और उस भंडार में कुछ धन खर्च करके आपने विश्व की एकमात्र ऐसी यूनिवर्सिटी बनाई, जिसमें विभिन्न भाषाएं पढ़ाई जाती हैं। निस्संदेह कोई धन का सद्‌पयोग करना तो आपसे सीखे।"

"हमारे पास बेहिसाब दौलत कहां, हम तो गरीब आदमी हैं। देखो हमारी पोशाक कितनी सादी है। एक मामूली कमीज और छोटा ढीला पायजामा पहनता हूं। मोज़े टांगों से नीचे आ जाते हैं, पायजामा इतना ऊंचा रहता है कि मेरी टांगों का कुछ हिस्सा मोज़ों के ऊपर दिखाई देता है। मैं सिर पर झब्बेदार लाल तुर्की टोपी पहनता हूं, जानते हो यह कितने साल पुरानी है?"

"कितनी साल पुरानी है?"

"पैंतीस साल पुरानी। हालांकि यह टोपी फट गई है और इसकी हालत खस्ता है, मगर मुझे यह बेहद पसंद है।"

"महान लोगों के ऐसे ही तो लक्षण होते हैं। गांधी जी भी तो जिन्हें जनता महात्मा कहती है, एक लंगोटी ही पहनते हैं।"

"गांधी तो दिखावा करता है। खुद लंगोटी पहनता है और कांग्रेस के लिए अपने आटोग्राफ देकर चंदा वसूलता है।"

"हमने तो सुना है आपने भी कुछ इसी तरह बहुत सा धन इकट्ठा किया है। आप तो गोलकुंडा राज्य के उत्तराधिकारी होने से दुनिया के सबसे अमीर व्यक्ति माने जाते हैं। इसीलिए तो आपके यहां 11000 नौकरों की फौज है, जिसमें से 38 केवल झाड़-फनूस साफ करने में लगे रहते हैं। आप अपने सिक्के अपने राज्य में ढलवाते हैं और आपका अनश्रुत धन भंडार लोगों की कल्पित या दंतकथाओं में वर्णित लालसा की तुलना से भी बड़ा है। सुना है कि आपके पास रत्नों का इतना बड़ा भंडार है, जिसको निकैडनी (लंदन) की सारी सड़कों पर जड़वाया जा सकता है।"

"कहां से सुन लिया पंडित जी! अरे भाई हमारा खजाना तो बिल्कुल खाली है।"

"परंतु हमने तो सुना है!"

"क्या सुना है आपने?"

"हमने सुना है कि आपने विरासत में वज़नदार सोने की छड़ें और ईंटें, हीरे-जवाहरात का भण्डार और बेशुमार क़ीमती ज़ेवरात, हासिल किए। आपके महल में कई तहख़ाने इकट्ठे किए हुए जवाहरात, गहनों और सोने-चांदी की ईंटों से भरे हैं। उन तहखानों के तालों की चाभियां आप स्वयं अपने पास रखते हैं और अपने किसी अफ़सर या अहलकार का विश्वास नहीं करते हैं, किसी को भूल से भी वे चाभियां कभी नहीं सौपतें हैं।"

"आपको किसने बताया यह सब?"

"धनवानों के चर्चे बताने की जरूरत नहीं होती, वह तो गली-मोहल्लों में गूंजा करते हैं। हमने सुना है कि आपको अपनी बेशुमार दौलत से बड़ा मोह है, तहख़ानों में जाकर जब-तब आप अपनी सोने-चांदी की ईंटें गिना करते हैं। आपको सोने की ईंटों के चट्टे पर चट्टे लगे देख कर बड़ा सन्तोष होता है। बेशुमार दौलत, सोना, चांदी, जवाहरात और ज़ेवरात की शक्ल में आपके पास है, उसके अलावा तमाम ज़मीन और मकानात-कोठियां आपकी जायदाद में शामिल है, जिनसे कई लाख रुपयों की आमदनी होती है। आपके पास मशहूर हीरा 'जैकब' है, जो क़ीमत में कोहनूर से दूसरे नम्बर पर समझा जाता है, कौन नहीं जानता कि उस हीरे का वज़न 282 कैरेट है। उसकी बनावट पेपर-वेट जैसी है। उस पर किसी की नज़र न लगे, इस ख़्याल से आप उसको क्यूटीकोरा साबुन की डिब्बी में रखा करते हैं। जब मन में आता है, तब अपनी लिखने की मेज़ पर पेपर-वेट की जगह उस हीरे का इस्तेमाल करते हैं।"

"यह सब तुम्हें किसने बताया?"

"सर सुल्तान अहमद...।"

"ओह सुल्तान अहमद," निज़ाम ने कहा, "हम तो उसे अपना ख़ास आदमी मानते थे। ख़ास सलाहकार की हैसियत से सभी वैधानिक मामलों में वे सलाह दिया करते हैं, जब वे अपनी सेवाओं से हमें खुश करने में कामयाब हो गए, तब हमने वह हीरा चन्द मिनटों के लिए देखने को उनके हाथ में दिया था। परंतु जब सुलतान अहमद के हाथ में हीरे पर हमारी नज़रें जमी, तो भय के कारण उनका हाथ बरबस कांपने लगा था, लेकिन आज हमारे राज खोलते हुए उन्हें हमारा भय महसूस नहीं हुआ। हम उन्हें निस्संदेह मौत की सजा देंगे।"

"हिज हाइनेस उन्हें मौत की सजा क्यों, उनका कोई कसूर नहीं है।"

"तो हमारे खजाने के बारे में आपको किसने बताया?"

"कुछ अंग्रेजी समाचार-पत्रों में पढ़ा है।"

"समाचार-पत्रों में किसने लिखा, हम उनकी गर्दन मरोड़ देंगे।"

"खोजी पत्रकारों ने।"

"आख़िर ये खोजी पत्रकार चाहते क्या हैं?"

"यही कि आप धन का सद् उपयोग करें।"

"तो क्या हम धन का सद् उपयोग नहीं करते," निज़ाम ने फिर पूछा, "धन का सद् उपयोग कैसे किया जाता है?"

"दान देने से?"

"किसको दें दान? किसमें है इतनी हिम्मत जो हमसे एक पाई भी ले ले। लोग तो हमें देकर खुश होते हैं, फिर कोई हमसे दान भला लेगा ही क्यों," फिर थोड़ा गंभीर होकर निज़ाम ने उनसे पूछा, "बिरहमन कहीं तुम हमें कुछ भेंट देने की बजाय हमसे कुछ मांगने तो नहीं आए?"

" हिज हाइनेस! आपका ख्याल दुरुस्त है। आप तो आदमी को बड़ी अच्छी तरह पहचान लेते हैं।"

"क्या मतलब?"

"मैंने काशी में हिन्दू विश्वविद्यालय बनाने का निर्णय लिया है और उसी के लिए धन एकत्र करता फिर रहा हूं।"

"हमसे क्या चाहते हो?"

"आप भी कुछ चंदा देकर इस पुण्य कर्म में भागीदार बनें।"

चंदा मांगने की बात सुनते ही निज़ाम की त्योरियां चढ़ गईं, "तुम समझते हो कि हम हिन्दू विश्वविद्यालय के लिए चंदा दे देंगे।"

"आप जैसे सम्राट एक शिक्षा मंदिर के लिए भिक्षा नहीं देंगे, तो फिर कौन देगा?" कहकर मदनमोहन मालवीय ने अपनी चद्दर की झोली फैला दी।

उनके चद्दर की झोली फैलाते ही निज़ाम ने अपने दाएं पैर की रत्नजड़ित जूती उतारी और उसकी झोली में फेंकते हुए बोले, "इससे बेहतर चंदा किसी काफिर के लिए मेरे पास नहीं है।"

"निःसंदेह, इससे अमूल्य धन हमें यहां से मिल भी नहीं सकता था।" कहकर मदनमोहन मालवीय ने अपनी झोली समेटी और निज़ाम की जूती को लेकर चल पड़ा।

निज़ाम पागलों की तरह खड़ा हुआ उसे देखता रहा।

ꕥ

“महात्मन् ऐसी बेइज्जती तो हमारी सात जन्मों में कभी भी नहीं हुई होगी?”

“कैसी बेइज्जती?” मदनमोहन मालवीय ने अपने साथी से पूछा, “तुम किस बेइज्जती की बात कर रहे हो?”

“जैसी निज़ाम के महल में हुई है, हम तो बड़ी आशा से आए थे कि यहां से लाखों रुपए मिलेंगे।”

“लेकिन मिल तो गए?”

“कहां मिले हैं, एक जूती मिली और वह भी वर्षों पुरानी। कितना कंजूस है निज़ाम!”

“इस जूती की कीमत तुम्हें नहीं मालूम क्या है?”

“अच्छा, क्या है इसकी कीमत?”

“यह तो समय आने पर ही पता चले चलेगा।”

“समय आने पर क्या पता चलेगा, यहां से खाली हाथ जा रहे हैं। एक आना भी हाथ नहीं लगा।”

“एक आना की क्या बात, कई आने अभी हाथ लग जाएंगे,” मदनमोहन मालवीय ने आगे से आ रहे एक जनाज़े को देखते हुए कहा,“देखो चंदे की राशि खुद हमारे पास चलकर आ रही है।”

“क्या मतलब?”

“...” मालवीय जी ने कुछ उत्तर नहीं दिया, बल्कि दौड़कर जनाज़े के आगे जा पहुंचा। कुछ लोग जो जनाजे के पीछे-पीछे चल रहे थे, उनमें से एक उस अर्थी के ऊपर सिक्के फेंकता चल रहा था और कुछ बच्चे दौड़-दौड़कर उन सिक्कों को उठा रहे थे। मालवीय जी भी जनाज़े के ऊपर फेंके जा रहे सिक्कों को उठाने लगे। उसके साथी ने पूछा, “महात्मन्! आप यह क्या कर रहे हैं?”

“आपने ही तो कहा था कि दक्षिण में आकर एक आना भी दान में नहीं मिला। मैंने तो कई रुपए चुग लिए हैं।”

"मगर ऐसा पैसा उठाना...।"

"मैं बच्चों के हाथों से झपट्टा नहीं मार रहा, बल्कि उन सिक्कों को उठा रहा हूं, जो नाली में जाकर पड़नेवाले हैं।"

"मगर इन सिक्कों का क्या करोगे?"

"एक-एक बूंद से ही घड़ा भर जाता है, यह सिक्के तो हमारे हिंदू विश्वविद्यालय में नींव का पत्थर साबित होंगे।"

"हां होंगे तो सही, कम से कम यह संतोष तो रहेगा ही कि निज़ाम के हैदराबाद से खाली हाथ नहीं लौटे।" कहकर मालवीय जी का साथी भी अर्थी के ऊपर फेंके जा रहे सिक्कों को उठाने लगा।[11]

❧

अपनी सनक में निज़ाम इतना डूब चुके थे, कि जब कभी वे किसी को अपने साथ खाने की दावत देते, तब मेहमान के आगे सस्ते और घटिया खाने की चीज़ें परोसी जाती थीं, चाय के साथ सिर्फ़ दो बिस्कुट पेश किए जाते थे—एक मेहमान के लिए और एक निज़ाम के लिए।

एक बार पंडित मोतीलाल नेहरु भी निज़ाम के मेहमान थे, तो निज़ाम ने उनसे पूछा, "पंडित जी, आप गौमांस भी खाते हैं?"

"मैं गौमांस तो नहीं खाता, लेकिन जो गौमांस खाते हैं उनका मांस अवश्य खा लेता हूं, क्या आप ऐसे जानवर का मांस मुझे खिलाएंगे?"[12]

"ओह! ऐसा जानवर का मांस पकाने की तो मनाही है, लेकिन आप क्या खाना चाहेंगे, बता दें तो वही भोजन तैयार करवा दिया जाएगा।"

"चाय में तो एक बिस्कुट खिला रहे हैं, भोजन में क्या खिलाएंगे हिज हाइनेस?"

"जो जी में आए, क्योंकि आप राजकीय मेहमान हैं।"

"ओह! समझ गया?"

"मतलब?"

"शाही मेज़ पर किफायतशारी और कंजूसी की फ़ितरत जिस ढंग से

नज़र आएगी, उससे बड़ी आसानी से कोई भी मेज़बान के मिज़ाज से वाक़िफ़ हो सकता है, यह तो मैंने सोचा ही न था।"

"मतलब! पंडित जी यह क्या पहेली है?"

"शायद आपने दावत में इसलिए बुलाया है कि इसका ख़र्च आपको अपनी जेब से नहीं देना पड़ेगा।"

"हां, यह तो है। आप शाही मेहमान हैं, इसलिए दावत का खर्च शाही खजाने से दिया जाएगा।"

"ओह, अब समझ में आया जिन दावतों के ख़र्च का बोझ शाही खजाने पर पड़ता है, आप उनमें मेहमानों की दिल खोल कर खातिर करते हैं। ऐसी दावतों में अंग्रेज़ी और हिन्दुस्तानी, दोनों तरह के स्वादिष्ट व्यंजन और व्हिस्की भी मेहमानों को पेश की जाती है।"

"पंडित जी कुछ भी समझो, चलो खाने की मेज़ आपका इंतजार कर रही है।"

"मगर हमने तो अपनी रूचियां बताई ही नहीं?"

"हमें सब पता है और आपके अनुसार ही सब भोजन तैयार करवाया गया है।"

जब मोतीलाल खाने के लिए चले, तो वहां जाकर देखा कि निज़ाम ने दावत में कई खास रईसों को भी बुलाया हुआ था। दावत में शरीक किसी ख़ास धनवान को, उससे बहुत दूर बैठे निज़ाम एक ग्लास शैम्पेन भिजवाते। ग्लास को मंजूर करके वह रईस खड़ा होकर निज़ाम को कई दफ़ा झुक-झुक कर सलाम करता और इस तरह उनकी इज्जत-अफ़जाई का शुक्रिया अदा करता। इसका मतलब यह समझा जाता कि निज़ाम ने ख़ासतौर पर रईस को बड़ी प्रतिष्ठा दी है।

"दस्तूर के मुताबिक उस बेचारे को एक ग्लास शैम्पेन की क़ीमत, जो उसने इस रात को पिया है, निज़ाम को कम-से-कम लाख रुपयों का तोहफ़ा देकर चुकानी पड़ेगी," ऐसा किसी ने मोतीलाल के कान में कहा।

"वाकई कितना सनकी और कंजूस है यह निज़ाम," मोतीलाल ने भी उसे धीरे से अपने मन की बात कह दी।

ൽ

मध्य-भारत में दतिया नामक रियासत के महाराजा जो निज़ाम के ख़ास दोस्त थे, वह भी उस दिन वहां पर मौजूद थे। निज़ाम ने उसके लिए भी एक ग्लास शैम्पेन भेजा था। अगले दिन निज़ाम ने दतिया महाराज से पूछ ही लिया, "हमारे लिए क्या उपहार लाए हैं हमारे दोस्त?"

"मेरे प्रिय दोस्त, आप तो जानते ही हैं कि दतिया रियासत का मक्खन इन दिनों दूर-दूर तक मशहूर है। मैं आपके लिए घर का बना बारह दर्जन डिब्बों में उम्दा खालिस मक्खन लेकर आया हूं।"

"बहुत खूब, मक्खन तो हमें खूब पसंद है।"

"हमें फख़्र है अपने ऐसे दोस्त पर, जो हमारी पसंद को बखूबी जानते हैं," फिर उन्होंने बेहद खुश होते हुए पूछा, "लेकिन वे मक्खन के डिब्बे कहां हैं?"

"सारे डिब्बे महल के गोदाम में हिफ़ाजत से रखवा दिए गए हैं।"

"बहुत खूब, जब हमें जरूरत होगी, हम आपके मक्खन का स्वाद अवश्य चखेंगे।"

"अहो भाग्य!"

ൽ

दतिया नरेश द्वारा दिए गए मक्खन के वे डिब्बे दो साल तक जहां के तहां रखे रहे और किसी ने उनको हाथ तक नहीं लगाया। निज़ाम तो मक्खन को खानेवाला था नहीं, क्योंकि वह था ही इतना कंजूस कि उसकी दाल में मेढ़क भी डुबकी लगाएं तो एक दाना भी ढूंढ़े से नहीं मिलता। दो साल तक जब मक्खन के डिब्बे गोदाम में रखे रहे तो इसका परिणाम यह हुआ कि सारा मक्खन सड़ गया और गोदाम में बदबू उठने लगी। गोदाम के अफ़सरों को अन्दर जाने पर जब बदबू मालूम हुई, तब उन्होंने जांच की। सड़े मक्खन की बदबू फैल रही थी। किसी छोटे या बड़े अफ़सर

या अलहकार की हिम्मत न थी, जो निज़ाम को इत्तिला करता। निज़ाम था, सनकी। मक्खन सड़ गया यदि उससे कहा गया, तो क्या पता सूली पर चढ़ा दे या काले पानी भिजवा दे। बिना बुलाए यमराज के पास भला कौन जाए, पर प्रतिदिन एक मनुष्य को खाने वाले राक्षस की तरह निज़ाम को भी किसी को यह सूचना तो देनी ही थी। अंत में हैदराबाद रियासत के प्रधानमंत्री नवाब सालारजंग[13] ने, जो बड़े दबंग और आज़ाद तबियत के आदमी थे, निज़ाम को सूचना दे दी, ''हिज हाइनेस, गोदामों में रखा हुआ सारा मक्खन सड़ गया।''

''मक्खन सड़ गया,'' निज़ाम की आंखें लाल हो गई, ''इतना कीमती मक्खन कैसे सड़ गया, लापरवाह इंसान दूर हो जा हमारी नज़रों के सामने से, नहीं तो अभी....।''

निज़ाम की गालियां सुनकर सालारजंग भाग खड़ा हुआ।

निज़ाम ने पास खड़े सेवक से कहा, '' हैदराबाद कोतवाली के इन्चार्ज़ सुधाकर रेड्डी को तुरंत हमारे हुजूर में पेश किया जाए!''

निज़ाम का हुक्म हो और सुधाकर रेड्डी न आए, ऐसा तो हो ही नहीं सकता था। रेड्डी थोड़ी ही देर में हाजिर था, ''हिज हाइनेस गुलाम हाजिर है।''

''सुधाकर रेड्डी, गोदामों में जो मक्खन रखा हुआ है, मन्दिरों में घूम-फिर कर वह मक्खन बेच दिया जाए।''

''हिज हाइनेस, वह मक्खन आदमियों के खाने लायक नहीं है, इसलिए उसे फिंकवा देना चाहिए।''

''नमक हराम, हमें शिक्षा देता है। गाडिदी, दोंगा मुंडा हमारा मक्खन खराब होने के नाम पर खुद हज़म करना चाहते हो?''

''क्षमा करें शहंशाह, लेकिन मक्खन वास्तव में ही खाने लायक नहीं।''

''मक्खन आदमियों के खाने लायक़ तो नहीं रहा, मगर मन्दिरों में देवी-देवताओं पर चढ़ाने और हवन में इस्तेमाल तो किया ही जा सकता है।''

''हिज हाइनेस ने दुरुस्त फरमाया,'' सुधाकर रेड्डी ने हुक्म बजा लाने

का भरोसा देते हुए कहा, ''मंदिरों में मक्खन बेच दिया जाएगा। निज़ाम का मक्खन तो पुजारी हाथोंहाथ खरीद लेंगे।''

''हमें ऐसी ही आशा है।''

निज़ाम के तेवर देख कर सुधाकर रेड्डी ने झुक कर सलाम किया और हुक्म बजा लाने का भरोसा दिलाकर रवाना हुआ। वह सीधा गोदाम में पहुंचा और एक गाड़ी में मक्खन के सारे डिब्बे लदवा लिए। वह गाड़ी को स्वयं लेकर चला और मूसी नदी पर बने लकड़ी के पुल पर पहुंचकर उसने गाड़ी रोक दी और सारे डिब्बे नदी में फेंक दिए। सारे डिब्बे नदी में फेंकने के बाद चन्द घण्टे बाद सुधाकर रेड्डी बहुत खुश-खुश निज़ाम के पास पहुंचा और बतलाया, ''हिज हाइनेस, सारा मक्खन 201 रुपए का बिक गया।'' और उसने खुद के पास से 201 रुपए निज़ाम को मन में यह सोचकर दे दिए कि इस महीने समझूंगा तनख्वाह ही नहीं मिली।

''हम तुम्हारी कारगुज़ारी देख कर बेहद खुश हुए मिस्टर रेड्डी,'' निज़ाम ने कहा, ''201 रुपए हमारे बैंक के हिसाब में जमा करा दो।''

''जी।''

''और तुम्हारी सेवाओं के पुरस्कार के फलस्वरूप आज से हम तुम्हारा ओहदा ऊंचा करके तुम्हें जिलाधीश के पद पर नियुक्त करते हैं।''

''शुक्रिया, हिज हाइनेस।'' सुधाकर रेड्डी जेब से दिए गए 201 रुपए का गम तुरंत भूल गया और खुशियों की वजह से उसका चेहरा दमक उठा।

☙❧

''हिज हाइनेस, आज तो कई महीने बाद आपके लिए एक शानदार खुशखबरी है!''

''क्या खुशखबरी है, सालारजंग?''

''गौलीगुड़ा में श्रीहरि नाहटा की बेटी श्रीवाणी का आज विवाह संस्कार संपन्न होना है।''

“श्रीहरि नाहटा का रुतबा कैसा है?”

“लखपति आदमी है हिज हाइनेस!”

“ठीक है फिर तो श्रीवाणी को विवाह की बधाई देने अवश्य जाएंगे, श्रीहरि को खबर दे दो निज़ाम साहब विवाह में तशरीफ ला रहे हैं।”

थोड़ी ही देर में श्रीहरि को सूचना दे दी गई कि उसकी बेटी की शादी में निज़ाम साहब तशरीफ ला रहे हैं। फिर क्या था बारात से ज़्यादा निज़ाम के स्वागत की तैयारी होने लगी।

विवाह संस्कार से ठीक पहले निज़ाम जा पहुंचे श्रीहरि की बेटी के विवाह मंडप में, श्रीहरि तो स्वागत के लिए पलक पांवड़े बिछाए हुए था ही, “स्वागतम् हिज हाइनेस! आपके आने से वर-वधू के तो भाग्य रोशन हो गए। नव दंपत्ति को आपका आशीर्वाद मिलना तो परम् सौभाग्य की बात है।”

“हूं...,” निज़ाम ने मुस्कराकर कहा, “आते कैसे नहीं, हमारी बेटी की शादी हो और हम आएं नहीं।”

फिर आगे बढ़कर निज़ाम दान-दहेज का सामान देखने लगे। दिखावे के सामान में से नौलखा हार उठाते हुए निज़ाम ने कहा, “क्या खूब! ऐसा हार तो हमने आज तक नहीं देखा। हमारे खजाने में भी ऐसा हार नहीं। परंतु यहां यह...।”

“तो आप अपने खजाने की शोभा बढ़ा लीजिए हिज हाइनेस!” सालारजंग का कहना था।

निज़ाम ने वह हार जेब में डालते हुए कहा, “हमारा भी कुछ ऐसा ही विचार था।”

श्रीहरि निज़ाम का चेहरा देखते रह गया।

दरअसल निज़ाम का क़ायदा था कि वे हमेशा अपने अफ़सरान, उनके बेटे-बेटियों और रियासत के पायागाह रईसों के विवाह-संस्कारों में अवश्य शामिल हुआ करते थे। वधू और वर को कोई तोहफ़ा देने के बजाय वे दहेज़ के सामान में से कोई क़ीमती ज़ेवर उठा लिया करते थे। इस तरह शाही मेहरबानी के शिकार बन कर वर-वधू उस ज़ेवर से हाथ धो बैठते

थे। ऐसी ही मेहरबानी का शिकार श्रीहरि हो गए, लेकिन उनकी निज़ाम से कुछ कहने की हिम्मत नहीं हुई। उसके बाद निज़ाम ने वर-वधू को आशीर्वाद दिया और उन गाड़ियों पर नज़र दौड़ाई, जिनमें बाराती बैठकर आये थे। एक बेशकीमती मोटर पर जैसे ही निज़ाम की नजर पड़ी, तो उन्होंने सालारजंग से कहा, "उस मोटर के मालिक के पास जाकर कहो कि निज़ाम जरा मोटर में घूमने-फिरने जाना चाहते हैं।"

"जी हिज हाइनेस!"

सालारजंग ने श्रीहरि के पास जाकर पूछा, "मान्यवर, वह बेशकीमती मोटर किसकी है?"

"हमारे समधी साहब की," श्रीहरि ने पास खड़े एक व्यक्ति से परिचय करवाते हुए कहा, "यही हैं हमारे समधी वेणुगोपाल कृष्ण! इन्हीं की है वह बेशकीमती गाड़ी।"

"बहुत खूब," सालारजंग ने फिर वेणुगोपाल से मुखातिब होकर कहा, "मान्यवर, निज़ाम साहब आपकी गाड़ी की सवारी करना चाहते हैं!"

वेणुगोपाल पहले मन-ही-मन में कहा, "निज़ाम ने हमें इज़्ज़त दी है" और वह फ़ौरन राज़ी होते हुए बोले, "यह तो मेरा सौभाग्य होगा कि निज़ाम मेरी मोटर में बैठकर मेरी कार की शान बढ़ाएं।" और उन्होंने सालारजंग को कार की चाबियां थमा दी।

निज़ाम कार में सवार हुए और सीधे महल में जा पहुंचे और उसे अपने शाही गैरेज में ले जाकर खड़ी कर दी।

इसी तरह निज़ाम उधार की गाड़ियों से अपने शाही गैरेज की शान बढ़ाया करते थे और जहां एक दफ़ा मोटर शाही गैरेज में दाखिल हुई, फिर उसकी वापसी का सवाल कभी नहीं उठता था। मोटर का मालिक हाथ मलता रह जाता था। इस तरह निज़ाम ने तीन-चार सौ मोटरें अपने यहां इकट्ठी कर ली थीं, हालांकि ये इस्तेमाल में नहीं आती थीं।

सालारजंग ने एक बार निज़ाम से कहा, "हिज हाइनेस, आपकी ढाई सौ मोटरें, जो गैरेजों में पड़ी धूल खा रही हैं, वे बेच दी जाएं, तो काफी धन मिल सकता है। वे अब किस काम की।"

"गाडिदी...दोंगा![14] तुम्हारी इतनी हिम्मत की मेरी गाड़ियों को बेचने की कहते हो? गोलकोंडा[15] के हमारे वे पूर्वज जो इब्राहिम बाग़ में दफन हैं, उनकी रूहें क्या कहेंगी?"[16]

"माफ करें शहंशाह, ग़लती हो गई।"

"आइंदा ऐसी ग़लती हुई, तो सर कलम करवा दिया जाएगा।"

"..."

"अच्छा, सुनो उन कारों की सफाई पर कितना खर्च आएगा?"

"यही कोई ढाई लाख हिज हाइनेस!"

"ठीक है उन कारों की सफाई करवा दो।"

और इस प्रकार निज़ाम धूल चाटती कारों को बेचने को राजी न हुए बल्कि ढाई लाख रुपए खर्च करके उनकी सफ़ाई करवाई और वे फिर जहां की तहां खड़ी कर दी गई। वे हमेशा अपने मन की करते थे।

निज़ाम सिगरेट बहुत पीते थे, मगर सस्ती और मामूली ब्रांड की। सोफ़े पर घण्टों बैठे-बैठे एक के बाद एक, सिगरेट पीते रहते थे। जो सिगरेट वे पीते, उनके टुर्रे और राख फ़र्श पर जमा होती रहती, मगर किसी की हिम्मत नहीं होती थी कि सिगरेट की राख को साफ कर दे, क्योंकि उसका हटाया जाना निज़ाम को पसन्द न था। जब सिगरेट के टुकड़ों और राख का कमरे के फ़र्श पर एक अम्बार लग जाता, तब महल का मुन्तज़िम डरता-डरता सफ़ाई करा देता था। पर ऐसा करवाते हुए उसे भय रहता था कि कहीं निज़ाम इस अपराध में उसे नौकरी से ही न निकाल दे।

वी. पी. मेनन जो रियासतों की मिनिस्ट्री में भारत सरकार के सलाहकार थे, निज़ाम से मुलाक़ात करने गए। कुछ देर बाद निज़ाम ने उनको हैदराबाद की बनी चार-मीनार सिगरेट पेश की, "और यह है हैदराबाद की प्रसिद्ध चार-मीनार सिगरेट, जिसको पीने के लिए हमें हर

वक्त तलब उठा करती है। हम खुद इसे ही पीते हैं।"

"क्या कीमत होगी इसकी?" मेनन पूछ ही बैठे।

"10 सिगरेट की डिब्बी 12 पैसों की आती है।"

"इतनी सस्ती सिगरेट को तो मैं हाथ भी लगाना पसंद नहीं करता," मेनन ने मन में सोचा, फिर अपनी सिगरेट पेश करते हुए निज़ाम से कहा, "आप नई क़िस्म की सिगरेट पीकर देखें। आशा है आपको बहुत पंसद आएगी।"

मेनन से सिगरेट की डिब्बी लेते हुए निज़ाम ने कहा, "वाकई आपकी डिब्बी बहुत पसंद आई हमें।" और फिर उन्होंने उसकी डिब्बी में से तीन-चार सिगरेट निकालकर अपने सिगरेट बक्स में रखते हुए कहा, "आप भी शाही शौक रखते हैं, हमें तो आज ही पता चला।"

उसके बाद उन दोनों में बहुत-सी बात होती रही और फिर मेनन वहां से चले गए।

कुछ दिनों बाद जब मिस्टर मेनन फिर मुलाक़ात के लिए आए, तो निज़ाम ने चार-मीनार[17] के बजाय उनको वही सिगरेट पेश कीं, जो कुछ दिनों पहले उनसे मांग कर अपने पास रख ली थीं, "लीजिए आज हम आपका स्वागत सस्ती सिगरेट से नहीं, बल्कि महंगी सिगरेट से करेंगे।"

"शुक्रिया!" कहकर मेनन हंस पड़े।

ꟽ

भारत के वायसराय लार्ड कर्ज़न ने एक दिन निज़ाम को राज़ी करने की कोशिश की, "हिज हाइनेस, बरार का सूबा, जो आपकी रियासत में शामिल है, उसे ब्रिटिश सरकार को सौंप दें, तो आपको और बड़ा खिताब इंग्लैण्ड के शहंशाह की तरफ से दिया जा सकता है?"

"इंग्लैण्ड के सम्राट से खिताब हासिल होना, तो गौरव की बात होगी।"

"तो फिर देर किस बात की है?"

“किसी की भी नहीं, लेकिन करना क्या होगा?”

“बस आप खत लिख दें कि बरार के सूबे पर आपका कोई हक नहीं।”

“इसमें कौन-सी बड़ी बात है।”

और इस प्रकार वायसराय ने अपनी कूटनीति की चालें चल कर निज़ाम से एक ख़त लिखा लिया कि बरार के सूबे पर उनका कोई हक़ नहीं है, परन्तु जब निज़ाम के दीवान महाराजा सर किशन प्रसाद को इस ख़त के बारे में पता चला तो वे निज़ाम के पास गए और कहा, “हिज हाइनेस, बड़े दुर्भाग्य की बात है, जो आपने ब्रिटिश वायसराय की बात मान ली।”

“मतलब?”

“अंग्रेजों ने बिना जंग किए ही इतना महत्वपूर्ण सूबा जीत लिया!”

“ओह! सचमुच हमसे बड़ी ग़लती हो गई।” इस प्रकार निज़ाम को अपनी ग़लती समझ में आई और उन्होंने किशन प्रसाद से कहा, “ब्रिटिश रेज़ीडेण्ट से मिलने का वक़्त मुक़र्रर किया जाए, हम उनसे मुलाक़ात करना चाहते हैं।”

“जो आज्ञा हिज हाइनेस!”

निश्चित किए गए समय पर निज़ाम और किशन प्रसाद रेज़ीडेण्ट से मिले तो मुलाकात के वक्त किशन प्रसाद ने रेज़ीडेण्ट से कहा, “मान्यवर, बरार के सूबे से अपना हक़ छोड़ देने के बारे में निज़ाम ने जो ख़त लिखा है, उसे हिज हाइनेस देखना चाहते हैं!”

“क्यों? खत तो उन्होंने ही लिखा है।”

“दरअसल, हिज हाइनेस उस खत की एक नक़ल करके अपने काग़ज़ात में रखना चाहते हैं।”

“बहुत अच्छा!” और उन्होंने वह खत मंगवाकर किशन प्रसाद के हाथ में थमा दिया, लेकिन ज्यों ही वह ख़त हाथ में आया, त्यों ही दीवान ने उसे अपने मुंह में रख लिया और रेज़ीडेण्ट के देखते-देखते उसको एकदम निगल गए। इस तरह ख़त का नामों-निशान मिट गया।

"राजा साहब यह क्या किया आपने?" रेज़ीडेण्ट ने आंखें लाल-पीली की, "इतना अहम दस्तावेज तुम खा गया, भूख लगी थी तो हमें बताते हम तुम्हें अंगूर की शराब पिलाते।"

"जब अंगूर ही खा लिए तो शराब की क्या जरूरत है?" कहकर किशन प्रसाद मुस्करा दिए।

"हम बरार का सूबा ताकत से ले लेगा?"

"तब देखा जाएगा, हमने भी कोई चूड़ियां नहीं पहन रखी।"

"हम देख लेगा!" कहते हुए रेजीडेण्ट वहां से चले गए।

❧

कई साल बाद, हालांकि किशन प्रसाद ख़त को निगल चुके थे, ब्रिटिश सरकार ने बरार का सूबा ले लिया, मगर तभी से निज़ाम को अंग्रेज़ों से नफ़रत हो गई, "अंग्रेज कभी अपने नहीं हो सकते, इनकी कितनी भी मदद करो, इन्हें केवल अपने हित से मतलब होता है।"

सन् 1937 में निज़ाम की 'रजत जुबली' मनाई जा रही थी, उस मौक़े पर ब्रिटिश दुर्गरक्षक सेना के 24,000 सैनिकों ने निज़ाम को फ़ौज़ी सलामी देनी चाही। मुश्किल से 1,000 सैनिक सलामी देते हुए सामने से गुज़र पाए थे कि निज़ाम ने ब्रिटिश कमाण्डर को बुलाकर बतलाया, "अब हम यहां नहीं ठहरना चाहते।"

"मगर हिज हाइनेस अभी 23000 सैनिकों को और सलामी देनी है।"

"हम सलामी के भूखे नहीं।" कहकर निज़ाम वहां से चल दिए।

ब्रिटिश सेना के प्रति यह अपमान और अशिष्टता का व्यवहार था, जिसके नतीज़े में निज़ाम के चाल-चलन की पुस्तक में वायसराय द्वारा काली टिप्पणी लिखी गई।

अगले दिन इसी मौक़े पर निज़ाम ने बहुत बड़ी दावत दी, जिसमें ब्रिटिश रेज़ीडेण्ट, ब्रिटिश सरकार के बड़े-बड़े अधिकारी और 'पायागाह' रईस आमन्त्रित थे। निज़ाम ने, भोज के उपरान्त भाषण देने की रस्म के

खिलाफ़ खाने का पहला दौर खत्म होते ही अपना भाषण शुरू कर दिया, "हम नहीं चाहते कि अंग्रेज़ हमारे निजी मामलों में भी दखल दें। हम अपने देश का शासन खुद चलाना जानते हैं। जब देश में अंग्रेज नहीं आए थे, क्या तब भारत में शासन प्रणाली नहीं थी। प्रकृति परिवर्तनशील है। इसलिए अंग्रेजों के दखल का काल भी इतिहास के पन्नों में एक दिन भूतकाल की बात बनकर रह जाएगी।"

इस प्रकार संक्षिप्त में रेज़ीडेण्ट के स्वागत में अपना भाषण समाप्त करके निज़ाम अपने तमाम दरबारियों के साथ दावत से चले गए। सिर्फ़ रेज़ीडेण्ट और कुछ अफ़सरान खाना खाते रहे। यह भारत सम्राट के प्रतिनिधि ब्रिटिश रेज़ीडेण्ट के प्रति बड़ी अशिष्टता का व्यवहार था। रेज़ीडेण्ट होंठ चबाता रह गया, "इस निज़ाम के बच्चे की नाक में नकेल डालना होगा?"

ए क बार निज़ाम कश्मीर में महाराजा हरिसिंह के निमंत्रण पर गए। वहां उनकी मुलाक़ात कपूरथला के महाराजा जगतजीत सिंह और उनकी स्पेनिश रानी अनीता देलगादो से हुई। अनीता बहुत ही सुंदर थी। महाराजा कपूरथला अनीता के साथ हनीमून मनाने के लिए कश्मीर आए थे। अनीता की सुंदरता की चर्चा के किस्से विश्वभर में प्रसिद्ध थे। निज़ाम अनीता पर मोहित हो गए, लेकिन उन्होंने अपने हृदय की भावना को उजागर नहीं किया और महाराजा कपूरथला को हैदराबाद आने का निमंत्रण दिया।

कुछ सोच-विचार कर अनीता और उसके पति ने आख़िरकार हैदराबाद जाने का निमंत्रण स्वीकार कर लिया।

जब अनीता और महाराजा कपूरथला ठीक आठ बजे डिनर के लिए निज़ाम के पैलेस पर पहुंचे, तो निज़ाम अपने सारे अधिकारियों और सहायकों के साथ सीढ़ियों पर खड़े थे, "वेलकम! महाराजा और महारानी

कपूरथला," मेहमानों की भीड़ में अंग्रेज रेज़ीडेंट मिस्टर फ्रेज़र और उनकी पत्नी से अनीता का परिचय कराते हुए निज़ाम ने कहा, "ये हैं कपूरथला की महारानी। इनके नूर की रोशनी से आज सारा भाग्यनगर रोशन हो गया।"

अंग्रेज लेडी ने आगे बढ़कर अनीता से बाअदब हाथ मिलाया। कैसा मधुर क्षण था वह। सबसे शक्तिशाली राजा के सामने अंग्रेजों ने झुककर अनीता को सलाम किया। दरअसल अनीता के लिए भी यह सबसे सुखद क्षण था, क्योंकि उसे अंग्रेजी सरकार ने कपूरथला कीं महारानी के रूप में मान्यता देने से इंकार कर दिया था।

परिचय के बाद अनीता जब विशेष अतिथि कक्ष में जा रही थी, तो निज़ाम का सचिव अनीता के पीछे गुप-चुप रूप से चलता रहा और फिर धीरे-से उससे कहा, "क्षमा करें महारानी!"

"क्या बात है मान्यवर?"

"महारानी, कृपा करके आप मेरे साथ पीछे-पीछे आ सकती हैं!"

"क्यों?"

"कुछ ख़ास नहीं," फिर उन्होंने अनीता को एक बड़ा भव्य मखमली आभूषणों का डिब्बा देते हुए कहा, "यह निज़ाम की तरफ से एक छोटा-सा तोहफा है और आप इसे स्वीकार कर लें तथा आप उनके नेक इरादों पर संदेह न करें।"[18]

अनीता थोड़ी हिचकिचायी, क्योंकि इससे उसे याद आया कि निज़ाम ने कुछ समय पहले कश्मीर में उसे ऐसा ही उपहार देने की पेशकश की थी। लेकिन उसके पति को बहुत बुरा लगा था। उस समय अपने पति की पहली प्रतिक्रिया से भयभीत उसके मन में आया कि वह इस उपहार को मना कर दिया जाए, पर दूसरे ही पल उसका मन बदल गया, "क्या यह पाप नहीं होगा कि इतना भव्य उपहार लेने से मना कर दे। एक मुस्लिम राजा के लिए यह सामान्य नहीं है कि किसी दूसरे राजा की पत्नी को वह गुप्त तरीक़े से भेंट दे। उसके मन में कुछ भी हो मुझे यह भेंट स्वीकार कर ही लेनी चाहिए।" फिर उसने वह डिब्बा लेते हुए कहा,

"निज़ाम साहब को इस अमूल्य उपहार के लिए धन्यवाद देना।"

"जी महारानी।" सचिव चला गया।

महारानी अनीता ने अपने अतिथि कक्ष में जाकर जब उस डिब्बे को खोलकर देखा तो उसके अंदर एक बड़ा ही सुंदर हीरा-मोती और पन्ने की माला थी। इतना कीमती उपहार देख उसका मन खुशी से झूम उठा और उसने उसे अपने गले में डाल लिया।

तभी महाराज उस कक्ष में आ गए, तो वह इस डर से कि कहीं महाराज इस हार के बारे में पूछताछ न कर लें, वह सहम सी गई। हार को गले से उतारने और छिपाने के लिए भी समय नहीं था, इसलिए वह बाथरूम में घुस गई।

☙❧

हैदराबाद के निज़ाम उस्मान अली को फोटोग्राफी का और अश्लील चित्रों का बहुत शौक था। अपने ये दोनों शौक एक में मिलाकर उन्होंने हिंदुस्तान में अश्लील चित्रों का सबसे बड़ा संग्रह जमा कर लिया था। इन तसवीरों को जमा करने के लिए बूढ़े नवाब ने अपने मेहमानखाने की दीवारों और छतों में खुफिया कैमरे लगवा रखे थे, जो उन कमरों में होने वाली एक-एक हरकत की तसवीरें खींचते रहते थे। महल के मेहमानखाने के बाथरूम के आईने के पीछे भी उन्होंने एक कैमरा लगवा रखा था। यह कैमरा हिंदुस्तान की बड़ी-से-बड़ी हस्तियों की तसवीरें निज़ाम के पाखाने में निवृत्त होने की मुद्रा में लेता रहता था।[19]

अनीता या अन्य किसी मेहमान को निज़ाम की इस हरकत के बारे में कतई पता नहीं था, लेकिन अंग्रेज इस बारे में सबकुछ जानते थे। इसलिए निज़ाम की फाइल में सबसे ताजा रिपोर्ट अंग्रेज रेजिडेंट की इन कोशिशों के बारे में थी कि निज़ाम के बेटे और वारिस का सेक्स-जीवन ऐसा हो जो भावी निज़ाम को शोभा दे। पूरी सावधानी बरतते हुए रेजिडेंट साहब ने निज़ाम से बातों-बातों में जिक्र किया, "हिज हाइनेस, मेरे कानों

तक कुछ इस तरह की खबरें उड़ती-उड़ती पहुंची हैं कि नौजवान शहजादे के शौक के दायरे में शहजादियां नहीं आती हैं।"

"क्या बकते हो?"

"हम बक नहीं रहे ठीक कह रहे हैं।"

"ओह!" फिर उन्होंने एक सेवक से कहा, "हमारे शहजादे को तुरंत हमारे सामने उपस्थित करो।"

निज़ाम का पुत्र तुरंत ही हाजिर हो गया। रेजिडेंट साहब के लाख मना करने पर भी निज़ाम ने अपने बेटे को मजबूर किया, "शहजादे, तुम फौरन और सबके सामने इस बात को झूठ साबित करो कि तुम खानदान का सिलसिला आगे चलाने के लिए आमाद नहीं हो।"[20]

"मगर अब्बा हुजूर, इन सबके सामने।"

"हां...हां...इन सबके सामने ही।"

"लेकिन...।" कहकर वे अनीता की ओर गर्दन नीची करके देखने लगे।

"ओह, यह बात है।" निज़ाम ने कहा, "हमें माफ करें हमारे खास मेहमान, आप महल-ए-मुबारक के साथ अपने कक्ष में तशरीफ ले जाएं।"

अनीता और अन्य स्त्रियां एक विशेष कक्ष में चली गई और वहां रह गए निज़ाम साहब, उनके पुरुष मेहमान और कामकला में निपुण एक अति सुंदर वेश्या। वेश्या शहजादे को रिझाने लगी और शहजादे ने एक-एक करके अपने वस्त्र उतार दिए और फिर आदम और हव्वा के ये वंशज एक दूसरे से आलिंगबद्ध हो वह कर्म करने लगे, जो केवल पर्दे के पीछे ही शोभा देता है।

ঙঙ

शहजादे की कामकला की परीक्षा हो चुकी थी और जब अनीता बाद में हाल में वापस लौटीं, तो निज़ाम ने उसे एक बहुत संतोष भरी मुस्कराहट से देखा।

अनीता को डाइनिंग टेबल पर निज़ाम के दाईं ओर बैठने का सौभाग्य मिला। निज़ाम ने अपनी मेहमान का भोजन कक्ष में स्वागत करते हुए कहा, "मैं चाहता हूं कि तुम पार्टी का लुत्फ उठाओ, अतएव मैंने कुछ लोगों को भोज के लिए बुलाया है।"

अनीता ने टेबल के चारों ओर नज़र घुमाकर देखा तो लगभग सौ लोग अपना-अपना स्थान ग्रहण कर रहे थे।

निज़ाम अनीता से इतना सम्मोहित था, जितना पहले दिन जब वह उसे कश्मीर में मिला था। वह उसकी आजादी का प्रशंसक था, वह जो स्पेन के बारे में बताती थी, जहां वह होटल में अपने नृत्य द्वारा सबको सम्मोहित कर देती थी अर्थात् अनीता कपूरथला के राजा से विवाह के पहले एक साधारण नर्तकी ही थी।

उसकी शालीनता से भी निज़ाम मंत्रमुग्ध रह गए, "मेरा ख़्याल है कि आप यूरोप को बहुत पसंद करेंगे।" अनीता ने पूछा।

"क्यों नहीं," निज़ाम ने अनीता से कहा, "यूरोप की यात्रा भला कौन पंसद नहीं करता! यूरोप की कृपादृष्टि से ही तो भारत का राजवैभव संपन्न है।"

"तो आप यूरोप जाना ही चाहेंगे!"

"मैं वहां जाना चाहूंगा, पर सब लोग कहते हैं कि यह बड़ा ही खर्चे वाला काम है।" निज़ाम ने बड़ी ही सादगी से कहा। उसने हॉल के चारों ओर देखा, जो बोहेमियत कांच के कैंडल से सजा हुआ था और तमाम लोग बेशकीमती कपड़ों और गहनों से सजे-धजे बैठे थे तथा सोने की प्लेटों में खाना खा रहे थे। जब उसने उसको आश्चर्यचकित देखा तो कहा, "हैदराबाद का निज़ाम होने के नाते मुझे अपने काफ़िले के साथ ही यात्रा करनी चाहिए।"

"आप इतने वैभवशाली हैं, इसलिए मुझे विश्वास है कि आप कई बार विश्व-भ्रमण कर सकते हैं।"

"हां, मैं इस खर्चे को वहन कर सकता हूं," निज़ाम ने कहा, "मेरे सलाहकार कहते हैं कि इसमें एक करोड़ पौंड का खर्च आएगा।" अनीता

को चकित देख निज़ाम जोर-जोर से हंसने लगा, "क्या तुम यह नहीं सोचती कि यह बहुत भारी रकम है?"

"हां बहुत भारी रकम है, लेकिन आप जैसे सम्राट के लिए तो यह मामूली-सी है।"

"शुक्रिया," फिर निज़ाम ने चारों ओर दृष्टि दौड़ाकर घोषणा की, "हम अपने स्पेनिश अतिथि को महल दिखाना चाहते हैं।"

निज़ाम की इस घोषणा से महाराजा कपूरथला की भृकुटियां तन गईं और वह हबाना सिगार से धुएं के छल्ले बनाने लगे।

परंतु निज़ाम किसी की भृकुटी से भला कब भयभीत होने वाले थे। वे तो खुद अंग्रेजों से भी भयभीत नहीं होते थे और स्वतंत्र राज्य की घोषणा करने के सपने देखा करते थे। इसीलिए उसी वक्त अनीता और निज़ाम वहां से चल पड़े। अनीता और निज़ाम कभी न ख़त्म होने वाले लंबे-लंबे गलियारों से होते हुए चुपचाप अंदर की ओर चलते रहे। वे सीढ़ियों के ऊपर-नीचे चलते रहे और चंदोबा एवं दरवाजों में से निकलते रहे। वहां ज्यादा रोशनी नहीं थी और सीलन से अनीता को परेशानी हो रही थी। अनीता ने कांपते हुए मन-ही-मन सोचा, "ओह माई गॉड! ये मुझे कहां ले जा रहे हैं?," उसे चिंता सताने लगी, "मेरे पति कितने नाराज होंगे, मुझे इस तरह से निज़ाम के साथ अकेले जाते हुए देखकर।"

अंत में वह एक पोर्टिको में आए, जो एक बड़े आंगन में खुलता था, जिसमें निज़ाम की तमाम रोल्स रॉयस और निमोजीन कारें खड़ी थी, जो ढकी-मुंदी थी और उन पर रेशमी पर्दे भी लगे थे। इसके पहले कि वह पूछ पाती कि इतनी सारी गाड़ियां यहां किसलिए हैं, उसने अपने को आंगन के दूसरे छोर पर पाया। एक विशाल हॉल का दरवाजा था, जैसे कोई रेलवे स्टेशन का प्लेटफार्म हो। सामने का दृश्य देखकर उसका सवाल मन-ही-मन में रह गया, वह स्तंभित रह गई। यह सब अनीता को एक दूसरे लोक का ही दृश्य लग रहा था। उसने मन-ही-मन सोचा, 'कहीं मैं स्वर्ग की सुंदरियों के बीच में तो नहीं आ गई,' क्योंकि उसने अब अपने सामने लगभग दो सौ स्त्रियां, एक-से-एक खूबसूरत, आकर्षक, बड़ी-बड़ी

काली आंखें और कंचन-सा बदन जैसा साटिन का कपड़ा हो, को कतारबद्ध खड़े पाया। सभी औरतें ब्राकेड और सिल्क के कपड़ों से सजी-धजी थी। अपनी कलाई और हाथों में सोने के कड़े ब्रेसलेट पहने थीं और पांवों की उंगलियों में बिछुए। अनीता ने इतनी खूबसूरत औरतें जीवन में पहली बार देखी थी। सचमुच वे औरतें खुद अनीता से भी खूबसूरत थी।

"कितना विशाल हरम है।" उसने दरवाजे से आगे बढ़ते हुए सोचा। वह अंदर नहीं जाना चाहती थी, विशेषकर इसलिए कि निज़ाम की दो सौ पत्नियां उसका मुआयना करेंगी। उसकी पहली प्रतिक्रिया यह थी कि वह इस स्वर्ण-महल से भाग निकले, पर निज़ाम ने उसी क्षण उसका हाथ पकड़कर उसे अंदर की ओर खींचा, "अंदर आइए," उसने कहा, "मैं चाहता हूं कि मेरी बेगमें तुम्हें देखें।"

"मगर हिज हाइनेस!"

"अब अगर-मगर से काम नहीं चलेगा।" कहता हुआ वह उसको कतार-दर-कतार खड़ी बला की खूबसूरत औरतों में से लेकर चलता गया, जब तक कि वह बेगम साहिबा अर्थात् हर फर्स्ट हाईनेस जो अन्य बेगमों से थोड़ी उम्र में बड़ी थी, के पास नहीं पहुंच गई।

अनीता से परिचय कराते हुए निज़ाम ने कहा, "यह है हमारी बेगम साहिबा महल-ए-मुबारक!"

"और अन्य सब औरतें!" अचानक ही अनीता के मुख से निकल गया।

"वे छोटी-छोटी बेगमें हैं।"

"मगर वे तो सभी एक ही उम्र की युवा हैं।"

"...।" निज़ाम शांत रहे

"अस्सलाम अलेकुम।" अनीता ने बेगम साहिबा को नमस्कार किया।

"वालेकुमस्लाम।"

उसके बाद अनीता ने उनसे जो थोड़े से सवाल हिंदुस्तानी में पूछे, उसका उन्होंने मुस्कराते हुए बड़ी विनम्रता से उत्तर दिया।

निज़ाम की बड़ी बेगम अनीता को हिंदुस्तानी लिबास में, जो अनीता कभी-कभी औपचारिक रिसेप्शन आदि के लिए पहनती थी, देखकर बहुत मुदित हुई।

अनीता ने निज़ाम से पूछा, "कितनी बीवियां हैं आपकी?"

"यही कोई ढाई सौ!"

"यही कोई से मतलब!"

"मैं सही संख्या नहीं बता सकता, क्योंकि मुझे याद नहीं है।"

अनीता आंखें फैलाकर उसको देखती रह गई। निज़ाम ने कहना जारी रखा, "जानती हो मेरे दादा जी के तीन हजार बीवियां थीं और मेरे अब्बाजान के आठ सौ बीवियां, मैं तो उनकी तुलना में बहुत ही सीधा-सादा आदमी हूं।"[21]

इस तरह बातें करते-करते वे उस कमरे में वापस चले गए, जहां दूसरे मेहमान एक नाच-गाने का प्रदर्शन देख रहे थे। जब निज़ाम और अनीता महाराजा कपूरथला के पास पहुंचे तो वे अधीर और नर्वस हो रहे थे। निज़ाम सब समझ गए, इसलिए सफाई देते हुए बोले, "मैं अपनी बीवियों को अनीता को दिखाकर एक तोहफ़ा देना चाहता था," निज़ाम ने कहा, "यह थोड़ा ऊब-सी गई थी। समय-समय पर एक अलग चेहरा देखना पसंद करती है।"

महाराजा कपूरथला अपने गुस्से को दबाकर शांत रहे, परंतु वे अच्छी तरह जानते थे कि लोग अनीता के निज़ाम के साथ गायब हो जाने पर तरह-तरह की अटकलें लगाएंगे। इसीलिए जैसे ही अनीता वहां बैठी, सबकी निगाहें उसके ऊपर आकर अटक गईं। पर वह तो पहले से तरह-तरह की अफवाहों की अभ्यस्त हो गई थी, क्योंकि उसे भारत में महारानी का रुतबा पाने के लिए बहुत संघर्ष करना पड़ रहा था और वह भारत में अपने को उपेक्षित महसूस करती थी, इसलिए वह अफवाहों को कोई महत्त्व नहीं देती थी। उसने नृत्य-प्रदर्शन देखने में अपने को मशगूल कर लिया। कपूरथला के साथ आए लोगों में से एक वृद्ध सिख, नृत्यांगना की रासेक भाव-भंगिमाओं और अदाओं से घायल हो गए। पर बाद में

पता चला कि नाचने वाली एक किन्नर है। इस पर अनीता स्तब्ध रह गई और बाकी सब लोग ठठाकर हंसने लगे। अनीता हंसते-हंसते रोने लगी थी और रूमाल निकालकर उसने अपने आंसू पोंछे, "पसंद भी आई तो यह एक किन्नर, हैदराबाद की गलियों से...।"

जब कोई भी कार्यक्रम पूरे शबाब पर हो तो इसका मतलब होता है कि अब वह समाप्त होने वाला है। इसी तरह उस दिन निज़ाम के महल में छाया हुआ मौज-मस्ती का वातावरण, शाम की खुशियां और राग-रंग इस बात को इंगित करते थे कि यह पुर-लुत्फ समय अब खत्म होने वाला है। परंतु वहां ऊपर उपस्थित लोगों को इस बात का बिल्कुल भी कोई भान नहीं था कि थोड़ी देर में जो ख़बर आने वाली है, उनसे उनका जीवन ही क्या, सारी दुनिया ही बदल जाएगी। लगभग दस बजे आर्केस्ट्रा बंद हो गए। नृत्य-कलाएं पेश करने वाली कलाकार स्टेज से वापस चली गई और सारी आंखें मि. फ्रेशर फ्रेज़टन की ओर देखने लगी, जो बहुत गंभीर मुद्रा में थे। अपने क्रिस्टल ग्लास को चम्मच से टकराते हुए उन्होंने सबको शांत रहने के लिए कहा, "साइलेंस प्लीज!"

राजा लोग उसकी ओर उत्सुकता से देखने लगे, तो किन्नर खीज़ से घूरे, क्योंकि उन्होंने रंग में भंग कर दिया था।

"रेज़ीडेंसी से एक संदेशवाहक आया है।" फ्रेज़टन ने चिंताकुल मुद्रा में कहना शुरू किया, "इंग्लैंड ने अपने सहयोगियों फ्रांस और रशिया के साथ जर्मनी पर युद्ध की घोषणा कर दी है। मैं इस वक्त से सम्राट की सहायता करने के लिए कहता हूं, जिससे साम्राज्य की रक्षा इस बर्बर युद्ध से हो सके। योर हाइनेस, लेडीज़ एवं जेंटलमैन, हम अपने जाम सम्राट और उसकी सलामती के लिए उठाएंगे। सम्राट चिरंजीवी हों, इंग्लैंड भी दीर्घायु हो।"

यह सुनकर निज़ाम ने इंग्लिश आर्केस्ट्रा बजाने का हुक्म दिया, "संगीत शुरू किया जाए, साम्राज्य की रक्षा अवश्य होगी।"

निज़ाम के इतना कहते ही सभी लोग एक स्वर में कह उठे, "ईश्वर राजा को बचाए।"

निज़ाम ने मन-ही-मन सोचा, ''इंग्लैंड के राजा की रक्षा करने में ही हम सबकी भलाई और सुरक्षा है, क्योंकि वही साम्राज्य जो हमको सुरक्षा प्रदान कर रहा है, टूट जाता है तो हमारा क्या हश्र होगा?''

◆

अगले दिन कपूरथला के महाराजा ने निज़ाम से कहा, ''हिज हाइसेस शानदार स्वागत के लिए शुक्रिया!''

''इसमें शुक्रिया की क्या बात है!''

''क्यों नहीं,'' महाराजा कपूरथला ने कहा, ''तो अब हमें चलने की अनुमति दें।''

''महाराज! आप एक दिन और रुकें।''

''क्यों कुछ विशेष है क्या?''

''हमारे राज्य में एक अनूठे आखेट[22] का आयोजन किया गया है, जो हमारे राज्य की ख़ासियत है।''

''ऐसी क्या ख़ासियत है आपके अनूठे आखेट की?''

''इसमें एक तेंदुए को कुछ बारहसिंगों के पीछे छोड़ दिया जाता है और वह उनका पीछा करता है, जबकि मेहमान लोग इस शिकार का आनंद मचान पर या किसी सुरक्षित स्थान पर बैठकर लेते हैं।''

''ओह! इस प्रकार का दृश्य, रोमांच, सुंदरता और क्रूरता का मिश्रण तो हमने पहले कभी नहीं देखा, हम जरूर इस अनूठे आखेट को देखेंगे।''

''शुक्रिया!''

◆

आखेट के बाद जब मेहमान महल में भोजन के लिए लौटे, तो उनके लिए हैदराबाद की एक विशेष डिश तैयार मिली। मसालेदार चावल की बिरयानी, जिसमें खाने योग्य महीन-महीन सोने-चांदी के कतरे पड़े थे।

अनीता को जोरदार भूख लगी हुई थी, वह हाथ-मुंह धोकर अपने लिए नियत किए गए स्थान पर जाकर बैठ गई। उस दिन वह ठीक निज़ाम के सामने बैठी थी। जैसे ही उसने तिरछी नज़रों से निज़ाम को घूरते हुए नैपकिन को उठाया, अनीता को अपने नैपकिन में एक रुबी रंग की कान की बाली मिली। अनीता ने मन-ही-मन सोचा, "मैं इसे रखना तो नहीं चाहती, पर यदि कहूं कि मेरे नैपकिन में बाली कहां से आई, तो शायद अभ्रदता होगी।" यह सोचकर उसने उस बाली को धीरे से अपने पर्स में डाल लिया।

एक दिन नैपकिन में अनीता को बाली क्या मिली, उसे तो मानो अलादीन का चिराग ही मिल गया, क्योंकि उसके बाद हर रोज़ रात कों खाने की मेज़ पर महारानी अनीता को अपने सामने रखे नैपकिन के नीचे बेशक़ीमती ज़वाहरात लपेटे हुए मिलने लगे। जब वह नैपकिन की परतें खोलतीं तो कभी हीरा, कभी अंगूठी, कभी गले का हार और कभी कोई क़ीमती ज़वाहरात उसमें निकलता। उसकी समझ में नहीं आ रहा था कि आख़िर निज़ाम क्या चाहते हैं?

ଓଃଃ

जिस दिन अनीता को कपूरथला रवाना होना था, उस दिन सुबह के वक्त निज़ाम ने बहुत ही अनोखे ढंग से अनीता को एक बढ़िया मुस्लिम लेडीज़ ड्रेज, बेगम साहिबा से भिजवाई। बेगम साहिबा अपनी असंख्य दासियों के साथ अनीता के अतिथिगृह में आई थी, जिसे महाराजा कपूरथला औरतों के मेल-मिलाप का मामला समझकर वहां से बाहर चले गए। बेगम साहिबा ने अनीता को वह भेंट देते हुए कहा, "आप एक बार फिर हरम में आएं।"

"मगर क्यों?"

"बस आख़िरी बार।"

"ठीक है, पहले मैं इस ड्रेस को पहन तो लूं।" कहकर अनीता मुस्लिम

पोशाक पहनने लगी।

ड्रेस पहनने के बाद बेगम साहिबा अपनी दासियों के बीच में करके अनीता को ज़नाने महल में ले गईं, जहां रास्ते में उससे निज़ाम मिले, "मैं आपसे एक अनुरोध करता हूं।"

"जी हिज हाइनेस।"

"आप इस ड्रेस में बहुत खूबसूरत लग रही हैं।"

"शुक्रिया!"

"खाली शुक्रिया से काम नहीं चलेगा।"

"तो फिर?"

"हमारी इच्छा है कि आप इस मुस्लिम ड्रेस में एक फोटो खिंचवाएं और हमारे साथ एकांत में एक कप चाय का लुत्फ उठाएं।"

"मगर हिज हाइनेस?"

"आप चिंता न करें," निज़ाम ने कहा, "इसके लिए मैं आपको जरूरत से ज्यादा पुरस्कार दूंगा। क्षति-पूर्ति करूंगा।"

"पर मेरे पास चंद मिनट हैं स्टेशन पहुंचने के लिए, वहां महाराजा मेरा इंतजार कर रहे हैं।"

"आप इसकी चिंता न करें।"

अब तक अनीता के साथ दो ए. डी. सी. और एक महिला सहेली भी थी। लेकिन जब अनीता अति विशिष्ट कक्ष की ओर चली तो, तब महल के ख़ास ख़्वाजासरा अब्दुल रहमान ने दोनों ए. डी. सी. को कहा, "आप लोग इस अति विशिष्ट कक्ष में नहीं जा सकते।"

"मगर क्यों?" एक ए.डी.सी. ने पूछा।

"आप बाहर ही ठहरेंगे, क्योंकि आगे जाने का आपके लिए हुक्म नहीं है और सिर्फ़ महारानी अपनी फ्रेन्च सहेली कुमारी लुइसा ड्यूजान के साथ विशेष कक्ष के अन्दर जा सकेंगी।"

पर थोड़ा आगे चलते ही लुइसा को भी रोक लिया गया और अनीता अकेले ही विशिष्ट कक्ष में चली गई। फिर अपने कमरे में अकेले निज़ाम के साथ बैठ कर चाय पी। परंतु इस बीच उनके और निज़ाम के बीच

कैसी ग़ुज़री यह किसी को आज तक पता नहीं।[23]

विशिष्ट कक्ष से बाहर निकलते हुए निज़ाम ने कहा, "अब हम आपको अलविदा कहना चाहते हैं।"

"हिज हाइनेस क्या अलविदा कहने के लिए कुछ विशेष करेंगे?"

"क्यों नहीं?" निज़ाम ने कहा, "ऐसा ख़ास मेहमान रोज-रोज ही थोड़े आता है?"

उसके बाद निज़ाम अनीता को अंधेरे और सीलन भरे गलियारों से महल के तहखाने में ले गया। अनीता घबरा रही थी कि यह खेल काफी लंबा खिंचता जा रहा है और निज़ाम काफी सनकी हैं, उसे पता था कि उसका पति नाराज होगा। उसकी ट्रेन पर प्रतीक्षा करते हुए।

"बस अब हम वहां पहुंच ही गए हैं।" निज़ाम ने उसकी अधीरता को भांपते हुए कहा।

अचानक वे एक छोटे-से आंगन में पहुंचे। जहां आगे कुछ सुरक्षापूर्ण दरवाजे थे। निज़ाम ने अपनी जेब से चाबियां निकालकर खुद ही सुरक्षा दरवाजें खोलते हुए कहा, "मैंने तुमसे कहा था कि मैं तुम्हें जरूरत से ज्यादा क्षति पूर्ति कर दूंगा।"

"जी मैं कुछ समझी नहीं?"

"इसमें समझने की क्या बात है?" निज़ाम ने उसे वहीं से उठाकर एक लकड़ी का खाली डिब्बा देते हुए कहा। उसके बाद उसने स्ट्रांग रूम के दरवाजे खोलने शुरू किए, जिसके अंदर हल्की-सी रोशनी थी। जब अनीता की आंख उस अंधेरे से अभ्यस्त हो गई, तो वह समझ पाई कि किसी अलादीन की गुफा में आ गई है। जैसे कि आसमान में तारे चमक रहे हों, वैसे ही वहां बाल्टियों और बाल्टों में हीरे-जवाहरात और बहुमूल्य रत्न चमक रहे थे। वहां पर हीरों-जवाहरात, सोने-चांदी से भरी हुई दराज़ें थी। बिना तराशे हुए बहुमूल्य पत्थर और तराशे हुए भी। इतनी धन-संपदा उसने जीवन में पहले भला देखी ही कहां थी।

"इस डब्बे को लबा-लब भर लो। यह मेरे सबसे हसीन दोस्त के लिए उपहार है।"

''शुक्रिया! मेरा आपके इस दुर्लभ प्रस्ताव को अस्वीकार करने का कोई इरादा नहीं है।'' कहकर वह बहुमूल्य रत्नों को लकड़ी के उस डिब्बे में भरने लगी। जब वह ऊपर तक अच्छी तरह भर गया, तब निज़ाम उसको अपनी एक पर्दे वाली कार के पास ले आया।

''यहां पर मैं आपसे रुखसत हूं, खुदा हाफ़िज।'' निज़ाम मुस्कराकर बोला।

''सलाम आलेकुम।'' अनीता कार में बैठ गई, ''शुक्रिया।''

इस बीच में महाराजा अनीता का अपनी प्राइवेट कैरिएडा में इंतजार कर रहे थे। महाराजा कपूरथला इस प्रकार से किसी की प्रतीक्षा करने के अभ्यस्त नहीं थे और कोई इस तरह से उन्हें नीचा दिखाए, यह तो संभव ही नहीं था।

जब अंततोगत्वा अनीता स्टेशन पर पहुंची और महाराज को अपने मुस्लिम ड्रेस में फोटो सेशन की बात बताने लगी, ''निज़ाम की बेगमों ने मुझे जबरदस्ती मुस्लिम ड्रेस पहना दी और फिर एक फोटो..।''

''हे भगवान! मैंने तुम्हें निज़ाम के साथ भेजा ही क्यों था?'' कपूरथला के महाराजा गुस्सा कर बैठे, ''कृपया शांत हो जाइए। निज़ाम का इरादा नेक नहीं था।''

अनीता शांत रही।

महाराजा कपूरथला फिर बड़बड़ाए, ''मेरे लिए तुमको सबके सामने निज़ाम से एक उपहार पाना ही घोर अपमान से कम नहीं...और हरम में निज़ाम द्वारा मुस्लिम ड्रेस में फोटो खिंचवाना, तो अक्षम्य अपराध है।''

महाराजा के तेवर देखकर अनीता ने उनको हीरों-जवाहरात वाले बॉक्स के बारे में कुछ नहीं बताया, ''पर मेरे प्यारे...।''

''पर क्या?''

''बहस करने से कोई फायदा नहीं।''

''जो ट्रेजडी संसार के सामने आ खड़ी हुई, उस सबके आगे इन चीज़ों का क्या कोई महत्त्व है?''

''कौन सी ट्रेजडी?''

''विश्व युद्ध की!''

''ओह! मैं तो कुछ और ही सोची थी।''

''तुम तो सोचती ही कुछ और हो!''

उनकी नोंक-झोंक के बीच ट्रेन धीरे-धीरे आगे बढ़ने लगी।

ꕤ

विश्वयुद्ध छिड़ने पर भारत के वायसराय ने हैदराबाद के निज़ाम से आग्रह किया, ''हिज हाइनेस, इस बात में कोई दो राय नहीं कि आप सुन्नी मुसलमानों के विश्व में एकछत्र नेता हैं।''

''सो तो है, लेकिन आप इतना मक्खन क्यों लगा रहे हैं?''

''मक्खन या मलाई नहीं सच ही तो कह रहा हूं।''

''हां, आप सच कह रहे हैं। लेकिन आप चाहते क्या हैं?''

''आप तो जानते ही हैं कि विश्वयुद्ध में जर्मनी का पलड़ा बहुत भारी है।''

''सो तो है।''

''यदि जर्मन युद्ध में हार गए तो आप लोगों का क्या होगा?''

''हम स्वतंत्र हो जाएंगे।''

''स्वतंत्र नहीं, जर्मनों के परतंत्र,'' वायसराय ने कहा, ''और इसका मतलब समझते हो?''

''इसका क्या मतलब है?''

''हिटलर अपने को आर्य बतलाता है, इसलिए उसने यहूदियों और मुसलमानों को विश्व से मिटाने का फतवा सुना दिया है।''

''क्या हिटलर ऐसा कर सकता है?''

''एक बेरहम तानाशाह निश्चित रूप से ऐसा ही करेगा।''

''ओह यह तो बहुत गड़बड़ हो जाएगी। लगता है चौदह सौ साल में कयामत आने की जो बात किताब में लिखी हुई है, उसका वक्त आ गया है।''

"कयामत का वक्त रोका भी जा सकता है!"

"खुदा की मर्जी को भला कौन रोक सकता है?"

"तो क्या आप एक काफ़िर के हाथों यहूदियों और यहूदी समर्थक मुसलमानों का सफाया होता देख सकते हैं।"

"कदाचित् नहीं।"

"कदाचित नहीं, तो फिर कुछ करते क्यों नहीं।"

"मैं क्या कर सकता हूं भला?"

"आप तो बहुत कुछ कर सकते हैं?"

"मतलब?"

"सुन्नी मुसलमानों के नेता होने के कारण अपनी बिरादरी के मुसलमानों से कहें कि टर्की के ऑटोमैन खलीफा का वह फ़तवा नकार दें, जिसमें कहा गया है कि इस ज़िहाद में वे जर्मनी का साथ दें।"

"ओह! इसमें कौनसी बड़ी बात है।"

और फिर निज़ाम ने तुरंत ही अपने अवाम से कह सुनाया, "आप सब लोग ब्रिटिश और उनके सहयोगियों के साथ जर्मनी के विरुद्ध युद्ध में भाग लें, क्योंकि इसी में इस्लाम की भलाई है।"

निज़ाम हैदराबाद ने विश्व युद्ध में अंग्रेजों की भरी-भरकम मदद की और उन्होंने मिलिटरी एयरक्राफ्ट के तीन स्क्वैड्रन की खरीद के लिए भारी-भरकम धनराशि भी उपलब्ध करायी।

ଔ

उन्हीं दिनों भारत के एक नए भाग्य विधाता का उदय हो रहा था। वे भाग्य विधाता थे मोहनदास करमचंद गांधी। यद्यपि वह भारत की आजादी का बड़ा समर्थन करता था, तथापि उसने घोषणा की थी कि बिना अंग्रेजों के भारत कुछ भी नहीं होगा और ब्रिटिश साम्राज्य की मदद भारत की मदद होगी। उसका यह भी मानना था कि भारत तभी आजादी की कामना कर सकता है या कम से कम स्व-शासन की इच्छा कर सकता

है, जब मित्र देशों की सेनाओं की जीत हो। भारत के इस नए भाग्य विधाता को मदनमोहन मालवीय ने बनारस हिन्दू विश्वविद्यालय के उद्घाटन समारोह में मुख्य अतिथि के रूप में बुलाया था। वह विश्वविद्यालय के उद्घाटन समारोह के मंच से बोल रहे थे, "आप लोग हमारे सामने जो हीरे-जवाहरात की नुमाइश कर रहे हैं, वह आंखों के लिए बहुत भव्य दृश्य है।"

भारत के वायसराय समेत समारोह में सजे-धजे राजा-महाराजाओं के विशिष्ट अतिथियों और विद्यार्थियों के सामने एक सूती धोती लपेटे हुए दुबले-पतले अहिंसा के पुजारी ने कहा, "पर जब मैं इन अलंकारों की लाखों-करोड़ों गरीब लोगों के चेहरों से तुलना करता हूं, तो मुझे लगता है कि भारत का उद्धार तब तक नहीं होगा, जब तक कि आप यह सब आभूषण उतारकर उन गरीब लोगों के हाथ पर नहीं रख देते।"

हैदराबाद के निज़ाम भी उस समारोह में आए हुए थे, हालांकि उन्होंने चंदा देने के बदले पंडित मदनमोहन मालवीय की झोली में अपनी जूती फेंक दी थी, लेकिन समारोह से ठीक पहले पंडित मदनमोहन मालवीय ने अख़बारों में विज्ञापन दिया था कि विश्वविद्यालय में अलग-अलग संकायों के निर्माण के लिए दान में मिले महत्वपूर्ण उपहारों की भी नीलामी होगी और नीलाम होने वाले उपहारों में विश्व के सबसे धनी निज़ाम हैदराबाद की एक जूती भी नीलाम की जाएगी। अख़बारों में यह विज्ञापन पढ़कर निज़ाम के तो होश ही ठिकाने आ गए थे, उसके प्रधानमंत्री किशन प्रसाद ने भी उसे यह कहकर डरा दिया था, "हिज हाइनेस आपकी जूती की नीलामी का विज्ञापन एक दुःखद घटना है।"

"यानी हमारे ऐसे हालात हो गए कि अब हमारी जूतियां भी नीलाम होने लगी," क्रोध से लाल-पीले हुए सर उस्मान अली ने यही कहा था, "ऐसा कभी नहीं होगा। इसका कोई न कोई तो समाधान खोजना ही होगा?"

"एक समाधान है?" किशन प्रसाद ने कहा, "यदि नीलामी में आप अपनी जूती की सबसे ज्यादा कीमत चुकाकर उसे खरीद लें, तो इससे

इज्जत नीलाम होने से बच जाएगी।''

''आपने दुरुस्त फरमाया।'' यही जवाब देकर, इसी उद्देश्य से उस्मान अली विश्वविद्यालय के उद्घाटन समारोह में आए थे।

गरीबों के मसीहा गांधी जी की बात सुनते ही निज़ाम ने अपने गले में पड़े कीमती हार को टटोला। गांधी जी के भाषण से श्रोताओं में कुछ लोग नाराज होने लगे, ''इस भूखे फकीर को किसने बुलाया है यहां?'' इसी आवाज के साथ ही लोगों में खलबली मच गई। लेकिन तभी बीच में कुछ विद्यार्थियों की आवाज सुनाई पड़ी, ''उसकी बात को सुनो। उसको सुनो।''

कुछ राजाओं ने यह सोचकर कि उन्होंने गांधी जी को पर्याप्त सुन लिया है, वहां से उठकर जाने लगे, पर निज़ाम उस्मान अली ने ऐसा नहीं किया, क्योंकि अभी तक उपहारों की नीलामी नहीं हुई थी और वैसे भी निज़ाम के करीब ही वायसराय भी बैठे थे, इसलिए वायसराय से पहले उठने का साहस भी निज़ाम नहीं कर सकते थे।

''जब मैं सुनता हूं कि भारत में यहां पर ये महल बन रहा है और वहां पर वो महल बन रहा है, तो मुझे पता है कि यह उन गरीब किसानों की कमाई से बनाया जा रहा है। स्वायत्त शासन या आजादी के कोई मायने नहीं यदि हम देहातियों से उनकी मेहनत की कमाई चुरा लेते हैं। इस तरह से हम किस प्रकार का देश बनाने जा रहे हैं?''

''बकवास बंद करो।'' निज़ाम ने रोबीली आवाज में कहा।

पर उसकी बात पर किसी ने ध्यान नहीं दिया और लोग गांधी जी की ओर ही टकटकी लगाए रहे।

''हमारा उद्धार ग्रामीणों द्वारा ही होगा, न कि वकीलों, डॉक्टरों और धनी जमींदारों से।''

''कृपया रूक जाएं।'' एनी बेसेंट, जो एक प्रगतिशील अंग्रेज स्त्री थी और भारत की पहली हिंदू यूनिवर्सिटी की संस्थापक भी थी, ने कहा।

''कृपया भाषण जारी रखें।'' पास बैठे एक व्यक्ति चिल्लाए। वह व्यक्ति वल्लभभाई पटेल थे।

"बैठ जाओ गांधी।" निज़ाम फिर चिल्लाए।

वहां पूरे तौर पर अफरा-तफरी मच गई। राजाओं और अन्य विशिष्ट लोगों को वहां रूकने और उनके अपमानजनक भाषण सुनने का कोई मतलब ही नहीं था। इसी दौरान कई राजा-महाराजा हाल से उठकर बाहर चले गए, लेकिन निज़ाम वहीं बैठे रहे।

अब तक किसी ने भारत के राजाओं-महाराजाओं का उनके मुंह पर 'सत्य' बताने का साहस नहीं किया था। केवल गांधी जी ही ऐसे पहले नेता थे, जिन्होंने भारत के राजा-महाराजाओं के सामने ही उनका चेहरा बेनकाब किया था। निज़ाम के पास ही कपूरथला के महाराजा जगतजीत सिंह बैठे थे, उन्होंने निज़ाम से कहा, "कुछ-न-कुछ बदलने वाला है।"

"कुछ नहीं होगा। पटियाला में भारत के राजाओं[24] की एक शीर्ष-बैठक होने वाली है, उसमें सबकुछ तय हो जाएगा।"

"क्या तय होगा उसमें, कुछ न कुछ बुरा ही होगा?"

"क्यों?"

"सेक्रेटरी ऑफ स्टेट फार इंडिया ने हाउस ऑफ कामन्स में यह घोषणा की है कि वह भारत में स्व-शासन के लिए शीघ्र-से-शीघ्र कदम उठाने को तैयार हैं। इसी मुद्दे पर पटियाला में बैठक होने वाली है।"

"यह तो हमारे हित में ही होगा।"

"कैसे?"

"अब वक्त आ गया है कि हम लोग अंग्रेजों से अपने युद्ध में योगदान को भुना सकें।"

"ओह! वाकई यही सही है।"

और तभी!

"यह बक-बक बंद करो और महात्मा गांधी को सुनो!" वल्लभभाई पटेल ने निज़ाम व महाराजा कपूरथला को आंखें दिखाते हुए कहा।

भारत के राजा-महाराजा जिनका शासन हिटलर से भी ज्यादा निरंकुश था, उनकी पीठ पीछे भी कोई उनकी बुराई करने की हिम्मत नहीं कर सकता था, लेकिन आज उन्हें उनके ही सामने धमकाया गया, तो यह

कोई साधारण बात नहीं थी, बल्कि एक ऐतिहासिक घटना और बदलने वाले युग का संकेत था।

"अपनी निर्भीक वाणी से नए युग के आगमन की आहट देने वाले आख़िर ये लौहपुरुष हैं कौन?" पास बैठे एक क्रांतिकारी युवक रामचंद्रराव ने अपने साथी नरेंद्र से पूछा था।

"क्या आपको नहीं पता ये निर्भीक नेता कौन हैं?" उसने धीरे से उत्तर दिया।

"नहीं तो!" रामचंद्रराव ने भी धीरे से कह दिया।

"ये हैं वल्लभभाई पटेल।"

"क्या ये वल्लभभाई पटेल हैं। इनका तो बहुत नाम सुना है। ये तो इन दिनों गुजरात के सबसे लोकप्रिय नेता माने जाते है।"

"निश्चित ही ये किसी महान देशभक्त की संतान हैं। इनके बारे में कुछ और बताओ ना!"

"सुनना है, तो चलो बाहर आओ।"

और वे दोनों बाहर निकल आए।

ꕥ

रामचंद्रराव का साथी नरेंद्र वल्लभभाई पटेल के जीवन के बारे में बताने लगा, "वल्लभभाई पटेल का जन्म 31 अक्तूबर, 1875 को गुजरात राज्य के नाडियाड नामक शहर में हुआ है। पटेल जी बचपन से ही बहुत साहसी एवं कठोर इच्छाशक्ति वाले व्यक्तित्व हैं। इनके पिता का नाम झबेर भाई एवं माता का नाम लाड़वाई था। पिता झबेर भाई गुजरात राज्य के एक छोटे से गांव करमसाड में रहते थे। उनके पास खेती-बाड़ी के लिए थोड़ी सी ज़मीन थी। उसी से वह खूब मेहनत करके अपने परिवार का गुज़र-बसर करते थे। झबेर भाई महान देशभक्त थे।"

"मतलब!"

"मतलब यह कि वह झांसी की रानी लक्ष्मीबाई की सेना में रहकर

1857 की क्रांति में भाग ले चुके थे। वह कहते थे, ''रानी लक्ष्मीबाई जैसी वीर और देशभक्त महारानी न तो कभी पहले हुई और न बाद में ही।'' वह रानी लक्ष्मीबाई को देवी का अवतार मानते थे और इसी कारण वह उनकी सेना में भरती हुए थे। रानी लक्ष्मीबाई के वीरगति प्राप्त होने के बाद वह बंदी बना लिए गए थे। जब उन्हें बंदी बनाया गया तो उन्होंने कहा, ''तुम गोरे लोग सोचते हो कि हमें बंदीगृह में डालकर निर्भय होकर शासन करोगे। ऐसा सोचना तुम्हारी भूल है, क्योंकि एक क्रांतिकारी भारतीय को कारागार में डालोगे तो देश में दस नए क्रांतिकारी पैदा होंगे।'' उन्होंने कैद में अन्य साधारण कैदियों के अंदर भी जब देशभक्ति के भाव पैदा कर दिए तो उन्हें बंदी गृह से छोड़ दिया गया। उसके बाद वह अपने गांव करमसाड वापस आ गए एवं खेतों में मेहनत करके अपने परिवार का पालन-पोषण करने लगे। उनके चार बेटे एवं एक बेटी थी। बेटों के नाम नरसिंह भाई, विट्ठल भाई, वल्लभभाई एवं काशी हैं, बेटी का नाम डाबीहा।

''झबेर भाई अपने सभी बच्चों को बचपन से ही सामान्य गणित एवं पहाड़े का अभ्यास कराते, साथ ही उनकी अपने बच्चों को सदा ईमानदार एवं निडर बने रहने की सीख उनके व्यक्तित्व के विकास में सहायक थी। बालक बल्लभ अपने जीवन के शुरुआती समय से ही मेहनती एवं लगनशील स्वभाव का था। वह अपने पिता के साथ खेतों में मन लगाकर काम करता था एवं उनका हाथ बंटाता।

बल्लभ बचपन में कहते थे, ''हमें कठोर परिश्रम करने की आदत डालनी चाहिए, क्योंकि परिश्रम जितना ज्यादा होगा उसका फल भी उतना ही मीठा होगा।''

एक दिन इनके पिता ने पूछा, ''बल्लभ क्या तुम्हें नहीं लगता कि तुम ज्यादा परिश्रम करते हो?''

वल्लभभाई ने कहा, ''मनुष्य के जीवन में तो कष्ट आते ही रहते हैं, परंतु वह व्यक्ति महान है, जो कष्ट सहकर भी किसी कष्ट का तनाव अपने मन पर हावी नहीं होने देता।''

कर्मठ, सहनशील और स्वावलम्बी बालक वल्लभभाई जब थोड़े बड़े हुए तो पिता झबेर भाई ने उनका दाख़िला गांव से थोड़ी दूर स्थित एक प्राइमरी स्कूल में करा दिया। स्कूल में उन्हें गणित व गुजराती भाषा की शिक्षा दी जाती थी। माध्यमिक शिक्षा खत्म करने के बाद वल्लभ ने अपने बड़े भाई विट्ठलभाई की तरह ही अंग्रेज़ी पढ़ने की इच्छा जाहिर की। पर समस्या यह थी कि गांव में कोई अंग्रेज़ी स्कूल नहीं था, इसलिए वल्लभभाई को पास के शहर में स्थित स्कूल में इस उद्देश्य की प्राप्ति के लिए दाखिल करा दिया गया।''

''इतनी दूर पढ़ने के लिए प्रतिदिन कैसे जाते होंगे?''

''अंग्रेजी पढ़ने वाले विद्यार्थी नित्य 9-10 किलोमीटर पैदल उस शहर में जाते थे। गर्मियों में स्कूल सुबह सात बजे लगता था, इसलिए सूर्योदय से पहले ही घर से निकलकर खेतों से होकर जाना पड़ता था। एक खेत की मेड़ पर लगे एक पत्थर से अक्सर किसी न किसी को ठोकर लग जाती थी।

''एक दिन उस सीमा को पार करने के बाद साथियों ने देखा कि उनमें से एक कम है। ''वल्लभभाई पीछे छूट गए हैं।'' किसी ने कहा, ''लगता है वह खेत की मेड़ पर किसी चीज़ से जोर आज़माईश कर रहे हैं।'' दूसरे साथी ने आवाज दी, ''तुम पीछे क्या रहे हो? स्कूल को देर हो रही है।''

वह बोले थे, ''ठहरो, मैं अभी आता हूं।''

थोड़ी देर में उस गड़े हुए पत्थर को हटाकर वह उनसे जा मिले और सहज़ भाव से बोले, ''रास्ते में इस पत्थर से अंधेरे में न जाने कितनों के पैरों में चोट में आई होगी। आते-जाते चोट लगे और रुकावट पड़े, ऐसी चीज को हटा देना ही उचित होता है।'' शुरू से ही वल्लभ में जन कल्याण, अगुवाई एवं संगठन के गुण दिखाई देने लगे थे।''

''आप यह कैसे कहते हैं कि वल्लभभाई में नेतृत्वकर्ता एवं निडरता के गुण बचपन से ही हैं?''

''एक बार उनके पैर में एक फोड़ा निकल आया था। जब फोड़ा काफ़ी

बढ़ गया, तो वैद्य ने उसे फोड़ने की सलाह दी। एक लोहे की सरिया गर्म करवाई गई, लेकिन वैद्य यह सोचकर कि यह बच्चा किस प्रकार दर्द सहन कर पाएगा, फोड़ा दागने का साहस नहीं कर सके। अचानक ही वल्लभभाई ने गर्म सरिया उठाई और खुद ही फोड़ा फोड़ डाला। उनके मुख से उफ़ तक नहीं निकला। वल्लभ ने अपने अद्‌भुत साहस एवं मज़बूत इच्छाशक्ति का परिचय दे दिया था। उनकी शिक्षा के दौरान कई बार उनकी झड़पें उनके ऐसे अध्यापकों से हुई थीं, जो उन्हें दूसरे बच्चों के साथ या खुद उनके साथ अन्याय करते प्रतीत हुए। बचपन से ही वह जो भी काम करते, तो पूर्णतया उसमें डूब जाते थे और पूरा करके ही दम लेते थे। अन्याय, अत्याचार एवं शोषण के ख़िलाफ़ वह ज़ोरदार आवाज़ उठाते थे।

''हम लोग जितना भी दबेंगे, हम पर उतना ही अधिक अत्याचार किया जाएगा।''

किसी ने पूछा था, ''मगर हम पर अत्याचार हो क्या रहा है?''

''क्या तुम नहीं जानते?''

''नहीं मैं तो नहीं जानता?''

''हम लोगों के ऊपर अंग्रेज शासन करते हैं, इससे बड़ा और अत्याचार भला क्या होगा?''

''ओह! जो बालक मात्र विदेशी शासन को ही अत्याचार की श्रेणी में रखता था, वह अंग्रेजी शासकों के अत्याचारों को भला किस श्रेणी में रखता होगा, इसका अंदाजा तो कोई भी लगा सकता है।''

''हां और यही बालक वल्लभ आगे चलकर भारतीय इतिहास में एक चमकदार सितारा बनकर छा गया और वह लौह पुरुष सरदार वल्लभभाई पटेल के नाम से प्रसिद्ध हुआ। कुर्मी (क्षत्रिय) परिवार का यह बच्चा भारत के लिए एक वरदान साबित हुआ। वल्लभभाई ने पूरे जीवन राष्ट्र की भलाई के लिए काम किया और अपना पूरा जीवन राष्ट्र को समर्पित कर दिया। वह भारतीय इतिहास के एक ऐसे सम्मानित नक्षत्र के रूप में अवतरित हुए, जिसकी प्रसिद्धि हमेशा बनी रहेगी।''

“अच्छा एक बात बताओ,” रामचंद्रराव ने पूछा, “यार, जो लोग देश की सेवा करते हैं, अक्सर वे घर की जिम्मेदारी सही ढंग से नहीं निभा पाते, आपका क्या ख्याल है?”

“ऐसी बात नहीं है। जो लोग अपने घर की जिम्मेदारी नहीं उठा पाते वे देश की क्या खाक भलाई करेंगे। वल्लभभाई को ही लो इनकी आयु जब अठारह साल की ही थी, तब उनका विवाह पास के गांव की ही एक लड़की से कर दिया गया। उनका नाम झबेर वॉ था। उन्होंने अपनी पत्नी से कहा, “अब तो पढ़ाई-लिखाई छोड़कर कोई काम-धंधा कर लेना चाहिए।”

“क्यों?” पत्नी ने पूछा था।

“तुम जो आ गई,” पटेल जी ने अपनी पत्नी से कहा था, “खर्च बढ़ गया है। घरवालों पर अब तक तो मैं ही बोझ था, अब तुम भी आ गई हो?”

“क्या तुम मुझे बोझ समझते हो?”

“नहीं मेरा कहने का यह मतलब नहीं था?”

“तो क्या मतलब था तुम्हारा?” पत्नी ने पूछ लिया था।

“यही कि अपनी पत्नी का खर्च पति को ही उठाना चाहिए।”

“आपके विचार अति उत्तम हैं, लेकिन मैं चाहती हूं कि तुम पढ़कर सरकार में बड़े अफसर बनो।”

“धत्त तेरे की!” पटेल के मुख से निकल गया था।

“क्यों?,” पत्नी ने कहा था, “क्या बड़ा अफसर बनना हर किसी का सपना नहीं होता।”

“होता होगा,” वल्लभभाई ने कहा था, “लेकिन मेरा सपना तो कोई और ही है?”

“क्या सपना है तुम्हारा?”

“अफ़सर बनना तो है, मगर सरकार के अधीन नहीं।”

“फिर कैसा अफसर बनना चाहते हो?”

“गरीब और पीड़ितों का अफसर।”

“मतलब?”

“मेरा हृदय तो अधिवक्ता बनने को कहता है?”

“यह भी ठीक है,” पत्नी ने कहा था, “डाक्टर, वकील और मास्टरों की तो इस जग में इज्जत सबसे ज्यादा है।”

उनकी पत्नी अपने मायके चली गई, ताकि वल्लभ की पढ़ाई में अड़चन पैदा न हो। वल्लभभाई के पिता के पास धन की कमी थी, इसलिए पढ़ाई जारी रखने के लिए उन्होंने खुद धन कमाना शुरू किया। जब उन्होंने अनुभव किया कि अब वे काफ़ी धन कमाने लगे हैं, तब वे अपनी पत्नी झबेर वॉ को बोरसाड ले आए। जब 1897 में वल्लभभाई ने मैट्रिक की परीक्षा पास की थी, तब वह बाइस साल के थे। पढ़ाई के अलावा उनके कंधों पर परिवार की ज़िम्मेदारी भी थी। अप्रैल, 1903 में उनके घर एक बेटी ने जन्म लिया। उसका नाम मणिबेन रखा गया। दो साल बाद ही उनका घर बेटे की किलकारियों से गूंज उठा। उसका नाम डाहया भाई रखा।

इधर वल्लभभाई के मन में एक इच्छा बलवती होती जा रही थी। वे इंग्लैंड जाकर वकालत पढ़कर एक बड़े वकील बनना चाहते थे, पर उनके पास धन की कमी थी, जिसके कारण उन्हें अपना सपना अधूरा ही दिखता था। वल्लभभाई ने हिम्मत नहीं हारी। सबसे पहले तो वह पुस्तकें उधार लेकर पढ़ने लगे और दूसरी तरफ़ बहुत मेहनत करके उन्होंने जिला अदालत की परीक्षा पास कर ली। इंग्लैंड जाने के लिए उन्हें बारह हज़ार रुपयों की ज़रूरत थी, इसलिए वह पूरी लगन से मुक़दमे लड़ने लगे। अब उनकी पसंद आपराधिक मुक़दमों में भी रहने लगी। इस सबके पीछे उनका उद्देश्य इंग्लैंड जाने के लिए जरूरी धन इकट्ठा करना था। वह अपना काम पूरी लगन एवं ईमानदारी से करते थे। लोग उनकी न्यायप्रियता से प्रभावित थे। शीघ्र ही उन्होंने बारह हजार रुपए इकट्ठे कर लिए एवं एक टिकट एजेंट के पास टिकट लेने गए और इंग्लैंड से अपने लिए बुलावे का इंतज़ार करने लगे।

कुछ समय बाद बुलावा आया, लेकिन पत्र पर वी. पटेल का नाम

लिखा था एवं पत्र विट्ठल भाई पटेल को मिला था। वल्लभभाई ने बड़े भाई को अपनी इच्छा एवं योजना के बारे में बताया, लेकिन बड़े भाई की इच्छा का सम्मान करते हुए उन्हें इंग्लैंड जाने दिया। यद्यपि वल्लभभाई तब इंग्लैंड नहीं पहुंच पाए थे, पर इस घटना ने उनके सज्जन एवं त्यागशील होने का प्रमाण दे दिया था। शायद तभी तो उन्होंने अपना सारा जीवन राष्ट्र के लिए समर्पित कर दिया था। फ़िलहाल वल्लभभाई भारत में ही पूरे मन से वकालत करने लगे। उनकी प्रसिद्धि दिन-पर-दिन बढ़ती गई।

इधर उनकी पत्नी का स्वास्थ्य अच्छा नहीं रहा। सन् 1908 में झबेर वॉ के ट्यूमर का ऑपरेशन होना था। जिस समय झबेर वॉ मृत्यु से आंख-मिचौली खेल रही थीं, वल्लभभाई ने उस समय भी, पत्नी के स्वास्थ्य की चिंता के बावजूद वकालत का काम जारी रखा।''

''ऐसा क्या?''

''ऐसा ही तो, और एक दिन तो...''

''एक दिन क्या...?'' नरेंद्र से रामचंद्रराव ने पूछा।

''एक दिन जब वह अदालत में एक मुक़दमे की पैरवी कर रहे थे, तो उन्हें एक व्यक्ति ने आकर लिखित संदेश दिया। उसे पढ़ने के बाद वल्लभ ने संदेश वापस ज़ेब में रख लिया एवं जिरह में व्यस्त हो गए। उनके चेहरे पर कोई शिकन न थी। वह चुपचाप अपने काम में लगे रहे, जैसे कि कुछ हुआ ही न हो, लेकिन जब अदालत की कार्यवाही समाप्त हुई, तो वह अपनी भावनाओं पर क़ाबू न रख सके और निराशा में एक कुर्सी पर बैठ गए।''

''कुर्सी पर क्यों बैठे, ऐसा क्या समाचार मिला था उन्हें?''

''दरअसल उस संदेश में उनकी उनतीस वर्षीया पत्नी झबेर वॉ की मृत्यु का समाचार था।''

''इनका जीवन जानने के बाद तो, वाकई पटेल से महान और कर्तव्य पारायण तो मुझे विश्व में और कोई दिखाई नहीं देता।'' फिर उन्होंने पूछा, ''ये अपने कर्तव्य मार्ग पर आगे कैसे बढ़े।''

"1908 में पत्नी की मृत्यु के दो साल बाद 1910 में वल्लभभाई का सालों पुराना स्वप्न एक वास्तविकता में बदल गया जब कि जुलाई, 1910 में उन्हें इंग्लैंड जाने का सुअवसर प्राप्त हुआ। उन्होंने मिडल टैंपल में वकालत की पढ़ाई पूरे परिश्रम से की। उनका अधिकांश समय पुस्तकालय में बीतता था। उन्हें इसकी परीक्षा पास करने में एक साल दस महीनों का समय लगा और उन्होंने पहला स्थान प्राप्त किया था। इस प्रकार उन्होंने सिद्ध कर दिया कि एक साधारण किसान का बेटा किस प्रकार अपने मजबूत इरादे, मेहनत एवं लगन के बल पर वकील बनने में कामयाब रहा। वह कभी किसी कॉलेज या विश्वविद्यालय में नहीं गए थे, पर उनकी कड़ी मेहनत ने उनका स्वप्न साकार कर दिया।

"सन् 1913 में वल्लभभाई पटेल भारत वापस आ गए और वापस आकर अहमदाबाद में उन्होंने अपनी वकालत का काम शुरू कर दिया। यद्यपि उन्होंने बहुत जल्दी ही काफ़ी प्रसिद्धि एवं धन कमा लिया था, लेकिन वे घर-परिवार के साथ-साथ देश की लिए भी कुछ करना चाहते थे, अतः वे सामाजिक कामों में रुचि लेने लगे। सन् 1917 को अहमदाबाद की नगरपालिका के चुनाव में वल्लभभाई विजयी घोषित किए गए और उन्हें सैनिटरी समिति का अध्यक्ष मनोनीत किया गया। नगर की साफ़-सफ़ाई की ज़िम्मेदारी उन्हीं के कंधों पर थी। एक बार दुर्भाग्यवश नगर में प्लेग महामारी फैल गई, पर ऐसी स्थिति में उन्होंने बहुत सावधानी से काम करते हुए अपनी ज़िम्मेदारी को ठीक ढंग से निभाया और शहर को जल्दी ही महामारी से मुक्त कराया।"

"बापू से पटेल जी का परिचय कैसे हुआ?"

"गांधी जी से पटेल की पहली मुलाक़ात 1917 में ही गोधरा में हुई। उस समय गांधी जी गुजरात सभा की एक बैठक की अध्यक्षता कर रहे थे। पटेल जी स्वतंत्रता के संबंध में गांधी जी के विचारों से बहुत प्रभावित हुए और उनके साथ काम करने को तैयार हो गए। उस दिन पटेल जी ने गांधी को भोजन करने क़ा निमंत्रण दिया।

"निमंत्रण के फलस्वरूप ही गांधी जी सरदार पटेल और कुमारप्पा के

साथ भोजन करने बैठे। गांधी जी उन दिनों नीम की चटनी का नियमित प्रयोग करते थे। खाते-पीते उन्होंने सहज स्नेह और वात्सल्य के वशीभूत हो एक चम्मच नीम की चटनी श्री कुमारप्पा की थाली में डाल दी। बगल में बैठे सरदार पटेल यह देख रहे थे। वे इस सुअवसर का लाभ उठाने से क्यों चूकते, गम्भीर होते हुए कुमारप्पा से बोले, "आपने देखा? बापू अभी तक तो बकरी का दूध ही पीते थे, पर अब तो बकरी का चारा भी खाने लगे।"

"उसी समय बिहार में चंपारण आंदोलन चल रहा था। बिहार में अंग्रेज़ नील की खेती करने वाले किसानों के साथ बहुत ख़राब व्यवहार करते थे। गांधी जी इस जगह का दौरा करने पहुंचे, उसी समय अंग्रेज़ जिला अधीक्षक ने उन्हें जिला छोड़ने का आदेश दिया, पर गांधी जी ने ऐसा करने से स्पष्ट इनकार कर दिया। पटेल जी इस घटना से गांधी जी से बहुत प्रभावित हुए। इधर महात्मा गांधी चंपारण आंदोलन में व्यस्त थे, तो उधर वल्लभभाई ने देखा कि आस-पास के गांवों में बेगारी प्रथा का बोलबाला है। उन्होंने इस प्रथा को हटाने का पक्का इरादा कर लिया और इस आशय का उन्होंने कमिश्नर को एक पत्र दिया। पटेल की धाक की वजह से कमिश्नर को उनकी बात माननी पड़ी और उसने बेगारी को क़ानून के विरुद्ध घोषित किया। पटेल जी की इस सफलता से गांधी जी बहुत प्रभावित हुए। परिणामस्वरूप दोनों नेताओं में घनिष्ठता बढ़ती चली गई।

"और फिर दोनों मिलकर..."

"हां, उन दिनों खेड़ा नामक गांव के किसानों के साथ सरकार अन्यायपूर्ण तरीक़े से लगान वसूल रही थी, जबकि ख़राब मौसम के चलते वहां के किसानों की फसल बेकार हो गई थी। अतः किसान लगान न देने के लिए मजबूर थे। गांधी जी ने इसके ख़िलाफ़ सत्याग्रह आंदोलन छेड़ने का व्रत लिया। वल्लभभाई भी उस समय खेड़ा में ही थे, अतः वह भी इस आंदोलन में कूद पड़े। उन्होंने गांव-गांव में घूमकर किसानों को इकट्ठा किया एवं उनसे कहा कि आप सरकार से स्पष्ट कह दीजिए कि

हम लगान नहीं दे पाएंगे। वल्लभभाई के कुशल अगुवाई के चलते किसानों ने ऐसा ही किया। इससे सरकार आग बबूला हो गई और सरकार ने किसानों को सबक सिखाने की दमनकारी नीति अपनाई एवं उनके घरों से सामान जब्त करना शुरू कर दिया। इस स्थिति में पहले तो किसान घबरा गए, पर बाद में वल्लभभाई की अगुवाई में वे सरकार के विरोध में खड़े हो गए। आखिर में सत्य की जीत हुई एवं पटेल जी की मेहनत सफल हुई। अंग्रेज़ सरकार ने लगान वसूलने का अभियान रोक दिया। इस घटना से पटेल जी रातोंरात कुशल अगुवाई करने वाले नेता के रूप में प्रसिद्ध हुए। उनकी देशभर में एक विशिष्ट पहचान बन गई। इसी कारण काशी हिन्दू विश्वविद्यालय के स्थापना समारोह में सरदार पटेल को आमंत्रित किया गया।''

''बहुत अच्छा! शेष पटेल पुराण बाद में...चलो अंदर चलते हैं, कहीं बापू का सारा भाषण ही समाप्त न हो जाए।''

''ठीक है।''

❧

सरदार वल्लभभाई पटेल का सुर्ख लाल चेहरा देखकर निज़ाम एकदम भयभीत हो गए थे। सरदार पटेल की आंखों से शोले बरसते देख कपूरथला महाराजा भी शांत हो गए थे। भारत में यह पहली बार हुआ था कि देश के दो शक्तिशाली राजा एक किसान नेता की धमकी से भयभीत हुए थे।

और गांधी जी के भाषण के साथ ही पंडित मदनमोहन मालवीय ने घोषणा की, ''और अब होगी अनमोल उपहारों की नीलामी,'' मदनमोहन ने एक जूती दिखाते हुए कहा, ''यह जूती कोई मामूली जूती नहीं है, यह हैदराबाद के निज़ाम की जूती है, लगाइए जनाब इसकी कीमत?''

''सौ रुपए!'' किसी ने कहा।

''एक हजार रुपए।'' तभी कोई दूसरा बोला।

“एक लाख रुपए।” सरदार पटेल ने भी बोली लगाई।

रामचंद्रराव जो बाद में पटेल के पास आकर ही बैठ गए थे उन्होंने वल्लभभाई से पूछा, “इतनी मामूली-सी जूती एक लाख रुपए में लेकर आप क्या करेंगे?”

“निज़ाम के सिर पर मारूंगा।” उसका जवाब था।

“दस लाख रुपए।” तभी निज़ाम ने अपनी बोली लगाई।

निज़ाम की बोली लगते ही पटेल ने पास बैठे रामचंद्रराव से कहा, “लो मार दी निज़ाम की जूती, निज़ाम के सिर पर।”

“ओह! इसका मतलब आपने निज़ाम की जूती की कीमत एक लाख रुपए उस्मान अली को उकसाने के लिए थी।”

“हां, मैं जानता था कि निज़ाम किसी भी कीमत पर अपनी जूती स्वयं ही खरीद लेगा।”

“मगर निज़ाम ने ऐसा क्यों किया?”

“इसलिए कि इससे बड़ा सनकी राजा भारत में और कोई नहीं है।”

❧

पटेल, सुभाष और गांधी जी के बढ़ते प्रभाव से चिंतित निज़ाम इंग्लैंड पहुंचे और महारानी विक्टोरिया से गुहार लगाई, “सारी दुनिया की मालकिन, आपकी दुनिया में यह क्या हो रहा है?”

“क्या हुआ हमारी दुनिया को!”

“हम वर्षों से सुनते आए हैं कि आपके राज में कभी सूर्य अस्त नहीं होता।”

“और न कभी होगा ही।” गर्व से विक्टोरिया ने कहा।

“होगा नहीं, लेकिन सूर्य को ग्रहण...।”

“असंभव! हमारे राज्य में सूर्य को भी ग्रहण नहीं लग सकता।”

“क्यों नहीं लग सकता?” और फिर निज़ाम ने महारानी को भारत में गांधी, पटेल और सुभाष जैसे नेताओं के बढ़ते प्रभाव का ऐसा विवरण

पेश किया जैसे उन्होंने चलचित्र ही चला दिया हो। भारत में चल रहे स्वतंत्रता आंदोलन के बारे में विस्तृत जानकारी मिलते ही महारानी चिंतित हो उठी और उन्होंने तुरंत ही आपातकाल बैठक बुलाई। बैठक का परिणाम यह हुआ कि अंग्रेज़ सरकार ने एक एक्ट बनाया, जिसके अनुसार सरकार बिना किसी मुक़दमे के किसी भी व्यक्ति को, जो सरकार का विरोध करे, क़ैद कर सकती थी। इसे रौलेट एक्ट के नाम से जाना गया। रौलेट एक्ट के ख़िलाफ़, गांधी जी और पटेल जी की अगुवाई में देशवासियों ने कमर कस ली। पूरे देश में इसके ख़िलाफ़ हड़तालों का आयोजन हुआ। पटेल जी अहमदाबाद की हड़ताल की अगुवाई कर रहे थे। इसकी सफलता से भयभीत होकर अंग्रेज़ सरकार ने सांप्रदायिक दंगे करा दिए। दंगों ने दिल्ली को हिलाकर रख दिया। दिल्ली में आर्य समाज के नेता स्वामी श्रद्धानंद ने रौलेट एक्ट के खिलाफ निकाली गई रैली का नेतृत्व किया, तो अंग्रेजों ने आंदोलनकारियों को धमकी दी, ''यदि तुम अब एक कदम भी आगे बढ़े तो गोलियों से भून दिया जाएगा।''

''गोली पहले मेरी छाती पर लगेगी, आम जनता बाद में भूनी जाएगी।'' स्वामी श्रद्धानंद ने सीना तानकर कहा।

स्वामी जी आगे बढ़ गए और फिर उन्होंने हिंदू-मुसलमानों की विशाल जनसभा को ऐतिहासिक जामा मस्जिद में संबोधित किया, ''हम जानते हैं यह आग किसकी लगाई हुई है। रौलेट एक्ट क्यों लाया गया है। लेकिन स्वतंत्रता हमारा जन्म सिद्ध अधिकार है और हम इसे लेकर रहेंगे।''

स्वामी श्रद्धानंद के निर्भीकता के समाचारों से अवगत हो गांधी जी ने तब दिल्ली आना चाहा, लेकिन उन्हें दिल्ली नहीं आने दिया गया और रास्ते में ही पकड़ करके जेल में डाल दिया गया। देश के कई हिस्सों में दंगे भड़क उठे। अहमदाबाद में भी दंगे होने लगे। पटेल जी दंगों को रोकने के लिए आगे आना चाहते थे, लेकिन पुलिस ने उनके घर को चारों तरफ़ से घेर लिया।

रौलेट एक्ट के ख़िलाफ़ 13 अप्रैल, 1919 को अमृतसर स्थित जलियांवाला बाग में सभा हो रही थी। तभी दुष्ट जनरल डायर ने

बेकसूर जनता पर गोलियां चलाने का आदेश दे दिया। इसमें हज़ारों बेकसूर नर-नारी मारे गए। इस घटना की पूरी दुनिया में आलोचना हुई और यह दिन भारत के इतिहास में काला दिन बनकर रह गया। इस घटना से पूरे देश में क्रोध फैल गया।

इधर अपनी विचारधारा को जन-जन तक पहुंचाने के लिए वल्लभभाई ने सत्याग्रह नामक पत्रिका का श्रीगणेश किया। उस समय दिल्ली में तो दंगे हो ही रहे थे, और उनका असर अहमदाबाद में भी खूब हो रहा था। सरकार ने वल्लभभाई को काम न करने देने के लिए उनके घर पर पहरा बैठा दिया, पुलिस वाले उन्हें लगातार परेशान करते रहे, पर वह अपनी गतिविधियों में पहले की भांलि लगे रहे।

गुजरात राजनीतिक परिषद का सालाना अधिवेशन नाडियाड में हुआ था। इस सम्मेलन में पटेल जी ने अपने विचार रखे, "हमें राष्ट्र की स्वतंत्रता के लिए अंग्रेज़ सरकार से असहयोग करना चाहिए, क्योंकि कोई भी सरकार स्थानीय जनता के सहयोग के बिना प्रशासन को सही ढंग से नहीं चला सकती। अतः सरकार से निपटने का यही सही मार्ग है।" वल्लभभाई पटेल के इस प्रस्ताव का लोगों ने खुले दिल से समर्थन किया। इसी अधिवेशन में गुजरात विद्यापीठ की स्थापना के बारे में तय किया गया।

कलकत्ता में कांग्रेस की सभा हुई थी। लाला लाजपत राय सभा के सभापति थे। उन्होंने भी अंग्रेज़ सरकार की दमनकारी नीतियों के विरोध में जनता से सरकार का असहयोग करने के लिए अपील की। उन्होंने लोगों को नौकरी, स्कूल, दफ़्तर, अदालत एवं दूसरे सभी क्षेत्रों के कर्मचारियों से नौकरी छोड़ते हुए असहयोग की वकालत की। अपने देश की वस्तुएं अपनाने पर बल दिया। वल्लभभाई भी असहयोग आंदोलन के पक्ष में थे, अतः ऐसी स्थिति में खुद एक आदर्श बनते हुए वकालत उन्होंने छोड़ दी। अब वे पूर्ण रूप से आज़ादी के आंदोलन में संलग्न हुए। इतना ही नहीं, उन्होंने अपने बच्चों को भी स्कूल भेजना बंद कर दिया। अपने देश के उद्योगों को बढ़ावा देते हुए उनका पूरा परिवार ही खादी के कपड़ों

का उपयोग करने लगा। इन सभी घटनाओं का असर लोगों पर तेज़ी से पड़ रहा था। अहमदाबाद की नगर निगम ने अपने स्कूलों का संबंध सरकार से तोड़ लिया और इसके लिए प्रेरणा का काम पटेल जी ने किया था। परिणामस्वरूप सरकार से उनका ज़बर्दस्त टकराव हुआ। आख़िर में मामला अदालत में पहुंचा, क्योंकि सरकार ने इस क़दम के ख़िलाफ़ दमनकारी नीतियां अपनानी चाही, पर अंततः वल्लभभाई की कार्य-कुशलता एवं हिम्मत के चलते सरकार को मुंह की खानी पड़ी।

सरदार पटेल वारदोली के कारण राष्ट्रीय नेता बनें। वारदोली ताल्लुका गुजरात के सूरत ज़िले में स्थित है। वारदोली पर अंग्रेज़ सरकार की ख़राब नज़र रहती थी एवं इसका प्रमुख कारण वहां की ज़मीन का अत्यधिक उपजाऊ होना था। सरकार को वहां के किसानों से लगान के रूप में भारी-भरकम रक़म मिलती थी, लेकिन सरकार को वारदोली के किसानों की खुशहाली अच्छी नहीं लग रही थी, अतः सरकार ने किसानों का लगान बढ़ा दिया। अब किसानों को तीस प्रतिशत अधिक कर लगान के रूप में जमा करना था। इस तरह की घोषणा सुनकर किसान इस अन्याय से बौखला उठे। गांधी जी, वल्लभभाई पटेल के पूरे सहयोग सहित इस निर्णय के विरोध में खड़े हो गए।

गांधी जी 1 फरवरी, 1922 को करबंदी आंदोलन की शुरुआत करना चाहते थे। गांधी जी ने किसानों से कहा, ''आप अधिक लगान देने से स्पष्ट इनकार कर दीजिए।'' वल्लभभाई ने भी इस आंदोलन में ज़ोर-शोर से भाग लिया। वह जगह-जगह गए, किसानों को संगठित करने लगे। तभी अचानक 8 फरवरी, 1922 को चौराचौरी कांड हो गया, जिसमें बहुत अधिक हिंसा हुई। प्रदर्शनकारियों का एक छोटा सा दल अंग्रेज़ों का विरोध करता हुआ एक गली से गुज़र रहा था। कुछ पुलिसवालों ने उन्हें रोकना चाहा। इससे हिंसक भीड़ बेकाबू हो गई और उन्होंने बाइस पुलिसकर्मियों की हत्या कर दी। गांधी जी ऐसी हिंसा को देखकर घबरा उठे। आख़िर में उन्होंने असहयोग आंदोलन वापस लेने की घोषणा कर दी। ब्रिटिश सरकार ने इस घटना को आधार बनाकर गांधी जी को

गिरफ़्तार कर लिया। अब आंदोलन की पूरी ज़िम्मेदारी वल्लभभाई जी के कंधों पर आ पड़ी।

वल्लभभाई पटेल ने किसानों को संगठित करना शुरू कर दिया। आखिर में उनकी अगुवाई में किसानों ने बढ़े हुए कर देने से इनकार कर दिया। अब ब्रिटिश सरकार ने एक नोटिस जारी किया कि जो लोग बढ़े हुए कर को नहीं देंगे उन्हें भारी जुर्माना देना पड़ेगा तथा उनकी ज़मीन, पशु एवं घर ज़ब्त कर लिए जाएंगे। इस घोषणा ने किसानों में भय की लहर दौड़ा दी, लेकिन वल्लभभाई ने हिम्मत नहीं हारी और उन्होंने किसानों को समझाते हुए कहा, ''आप सभी धीरज से काम लें, साहस बनाए रखें। अंग्रेज़ कुछ भी कर लें, लेकिन हमारे खेतों को अपने साथ इंग्लैंड नहीं ले जा सकते, जिस प्रकार एक पागल हाथी छोटे जानवरों को कुचलने में विश्वास रखता है और शक्ति के घमंड के चलते अपनी सबसे छोटी विरोधी चींटी को अनदेखा कर देता है, पर वह नहीं जानता है कि यदि यही चींटी उसकी सूंड़ में घुस जाए तो क्या होगा?''

इस प्रकार वल्लभभाई के समझाने-बुझाने पर किसान सरकार को लगान नहीं देने के लिए तैयार हो गए और खुद उन्होंने ब्रिटिश सरकार को इस आशय से सूचित किया।

कुर्की और अन्य अत्याचार करने वाले सरकारी अधिकारियों के आगमन की सूचना देने के लिए प्रत्येक गांव में ढोल नगाड़ों का प्रबंध किया था। उनकी ध्वनि होते ही पुरुष गांव छोड़ जाते, स्त्रियां घरों में रहतीं। चारों ओर सुनसान हो जाता। एक दिन बालोड़ में वल्लभभाई पटेल भाषण दे रहे थे। अचानक कुर्क की हुई भैंसों ने थाने में रेंकना प्रारम्भ कर दिया।

वल्लभभाई ने झट कहा, ''सुनो, ये भैंसे क्या कहती हैं? रिपोर्टर लिख लें कि बालोड़ के थाने में भैंसे भी अंग्रेजी राज्य को कोस रही हैं।''

वल्लभभाई पटेल आंदोलन की सफलता के लिए जी-जान से जुट गए थे। इसके लिए उन्होंने आस-पास के गांवों में आश्रम बनाए। आठ छावनियां बनाईं। पांच प्रमुख केंद्र बनाए एवं प्रत्येक केंद्र की देखभाल के

लिए अलग-अलग मुखिया बनाए। इस प्रकार उन्होंने अंग्रेज़ सरकार की दमनकारी नीति के विरुद्ध एक मज़बूत मोर्चा तैयार किया, किसी भी क़ीमत पर वह आंदोलन को सफल होते देखना चाहते थे। उन्होंने अफ़वाहों से बचने के लिए एक प्रकाशन विभाग भी बनाया। यह विभाग वल्लभभाई द्वारा किए गए कामों की पूरी जानकारी आंदोलनकारियों तक पहुंचाता था। उन्होंने सभी किसानों की तरफ़ से एक मांग-पत्र तैयार किया। धीरे-धीरे किसानों ने मांग-पत्र पर हस्ताक्षर करना शुरू कर दिया। कुछ किसान अंगूठे लगाते और मांग-पत्र एक गांव से दूसरे गांव में जाने लगा। वहां के किसान भी उस पर हस्ताक्षर करते या अंगूठा लगाते थे। जब सरकार को इस बारे में पता लगा तो उसने कुछ किसानों को लालच देकर अपनी तरफ़ मिलाने का प्रयास करते हुए किसानों में फूट डालने की कोशिश की, लेकिन वल्लभभाई पहले से ही होशियार थे और उन्होंने सभी किसानों को अंग्रेज़ों की कूटनीति की चेतावनी दे दी। सरकार ने किसानों पर लगान चुकाने के लिए बार-बार दबाव डाला, पर किसानों ने अन्यायपूर्ण तरीक़े से बढ़े हुए लगान को जमा नहीं किया और लगान जमा करने का समय निकलने के बाद भी सरकार के हाथ कुछ भी नहीं लगा।

अब सरकार ने किसानों पर अत्याचार करना शुरू कर दिया। किसान घबरा गए, लेकिन वल्ललभाई के कुशल अगुवाई एवं प्रेरणा के चलते किसानों ने सत्याग्रह के बल पर अंग्रेज़ों से लोहा लेना जारी रखा। महिलाएं तक इस आंदोलन में कूद पड़ीं। पूरा गुजरात वल्लभभाई को अपना नेता मानने लगा था। जगह-जगह से उन्हें जब किसानों की एकजुटता के समाचार मिलते तो वह पहले से भी कहीं अधिक उत्साह से आंदोलन की सफलता के लिए प्रयास करते। वह किसानों का हौसला बढ़ाते हुए कहते, ''सरकार साम, दाम, दंड, भेद के सहारे किसी भी तरह इस आंदोलन को तोड़ना चाहती है, पर मुझे आप सभी पर पूरा विश्वास है कि आप धीरज बनाए रखते हुए अंग्रेजों के कूटनीति को सफल नहीं होने दंगे।''

वल्लभभाई के इन शब्दों का जनता पर बहुत बड़ा असर पड़ा और लोगों ने आकाश को गुंजा देने वाले नारों से उनकी बातों का समर्थन किया। जनता में वल्लभभाई की मांगों को सुनकर ख़ुशी की लहर दौड़ गई, परंतु सरकार ने संगठन को तोड़ने के लिए भरपूर प्रयास किए, इससे पूरे देश में उसकी कड़ी आलोचना हुई और अपने सभी प्रयासों के बावजूद सरकार अपने उद्‌देश्यों में कामयाब नहीं हो सकी। थक-हारकर सरकार ने अपना हठ छोड़ दिया और सत्याग्रहियों की सभी मांगें मान लीं। यह ख़बर सारे देश में फैल गई एवं सभी लोग झूम उठे। जगह-जगह वल्लभभाई की प्रशंसा होने लगी। अब लोग उन्हें सरदार (मुखिया) के उपनाम से जानने लगे। यह नाम वल्लभभाई को आंदोलन के दौरान महात्मा गांधी ने दिया था और वल्लभभाई ने भी अपनी काम की क्षमता एवं कुशल अगुवाई द्वारा इस शब्द को सार्थक सिद्ध कर दिया था। वह आंदोलन में शारीरिक हिंसा की इज़ाज़त नहीं देते थे। वह कहते थे, "हम बिना अस्त्र-शस्त्र के शांति से सरकार के विरुद्ध जितनी लड़ाई लड़ सकते हैं, उतने उतावले एवं क्रोधी बनकर नहीं। हम शांति से अपनी बात सरकार के सामने अच्छी प्रकार रख सकते हैं।" शायद यही कारण रहा कि उन्होंने कई आंदोलन अद्‌भुत योग्यता से सफलतापूर्वक चलाए और अंग्रेज़ सरकार को कई बार उनकी रणनीतियों के सम्मुख घुटने टेकने पड़े। वल्लभभाई पटेल का परिवार खेती से जुड़ा था। अतः वह खेतिहर मज़दूरों आदि की परेशानियों को भली प्रकार समझते थे, इसलिए उनमें सभी प्रकार की समस्याओं को सुलझाने की अद्‌भुत क्षमता थी, खुद उनका बचपन जीवन-संघर्ष की अविचल बुनियाद पर खड़ा हुआ था। वह केवल तोड़-फोड़ के पक्षधर नहीं थे, बल्कि वह संरचनात्मक एवं विकासात्मक कार्यक्रमों द्वारा वहां की बहुसंख्यक जनता को एकजुट करना चाहते थे और उन्होंने कई बार ऐसा किया भी। फ़िलहाल वारदोली सत्याग्रह की सफलता ने उन्हें देश के पहली कतार के नेताओं के मध्य खड़ा कर दिया।

वल्लभभाई लगातार देश की भलाई के लिए काम कर रहे थे। उनके चरित्र की सबसे महत्त्वपूर्ण विशेषताओं में उनकी कठोर इच्छा-शक्ति,

लगनपूर्वक जी-तोड़ मेहनत करने की क्षमता एवं दूरदर्शिता प्रमुख थी। वह थोड़े संकोची स्वभाव के भी थे। एक बार दिसंबर, 1923 में कांग्रेस के अधिवेशन में भाग लेने के लिए जब वह वहां पहुंचे, तो जनता उन्हें देखने के लिए टूट पड़ी, पर वल्लभभाई संकोचवश मंच पर भी आना नहीं चाहते थे, लेकिन नेताओं ने किसी प्रकार उन्हें मंच पर ला खड़ा किया। लोगों ने जयघोष से उनका स्वागत किया। वह जनता के प्यार एवं स्नेह को देखकर भाव विभोर हो उठे और जनता को धन्यवाद देकर बैठ गए। लाहौर में हुए कांग्रेस के इस अधिवेशन में पूर्ण स्वतंत्रता आंदोलन को चलाने का निश्चय किया गया। सभी नेताओं ने मिलकर भविष्य के लिए अपनी कार्ययोजना तैयार की।

मार्च, 1930 को गांधी जी ने देशवासियों को संगठित करने के लिए नमक को सांकेतिक लक्ष्य बनाकर नमक सत्याग्रह आंदोलन छेड़ने की घोषणा की। इससे अंग्रेज़ सरकार आने वाले ख़तरों को भांप गई और उसने अपने आला अधिकारियों को इस आशय से सूचित कर दिया। वल्लभभाई पटेल भी आंदोलन के लिए कमर कस चुके थे। उन्होंने रास गांव में एक बहुत बड़े आदमियों के समूह के सामने भाषण देने का विचार बनाया। अंग्रेज़ सरकार यह बात अच्छी तरह से जानती थी कि वल्लभभाई जनता के बीच लोकप्रिय ही नहीं हैं, बल्कि उनके शब्दों में इतनी ताकत है कि वह कितने भी बड़े आदमियों के समूह को उत्साहित कर सकते हैं। जब वल्लभभाई सभा को संबोधित करने ही वाले थे कि तभी जिलाधिकारी ने आकर उन्हें एक पर्ची दी, जिस पर लिखा हुआ था कि आप इस सभा में आगे नहीं बोल सकते। पटेल जी यह चेतावनी पढ़कर गुस्सा होकर बोले, "अगर मैं अपना भाषण शुरू कर दूं तो आप क्या करेंगे?" अधिकारी ने तेज़ शब्दों में जवाब दिया, "हम तब आपको गिरफ़्तार करेंगे।"

इतना सुनते ही वल्लभभाई ने एकदम से बोलना शुरू कर दिया और उस अधिकारी ने आखिर में उन्हें गिरफ़्तार कर लिया। पुलिस उन्हें जीप में डालकर ले गई और जाते-जाते वल्लभभाई ने सभा से हंसते हुए विदा

ली। उन्हें कारावास की सज़ा सुनाकर साबरमती जेल भेज दिया गया। यह वल्लभभाई की ऐसी जेल-यात्रा थी, जिससे पहले उनको भाषण देने का अवसर भी नहीं दिया गया। उनकी गिरफ़्तारी के बारे में सुनकर अहमदाबाद के हज़ारों लोगों ने नमक सत्याग्रह के लिए मर-मिटने की प्रतिज्ञा कर ली थी। फ़िलहाल 12 मार्च, 1930 को गांधी जी अपने असंख्य अनुयायियों के साथ नमक सत्याग्रह के लिए चल दिए। उन्हें डांडी पहुंचना था। वह लगातार बढ़ते गए। गांधी जी के आह्वान, पटेल जी की गिरफ़्तारी एवं देश के हालातों के मद्देनज़र बहुत लोगों ने अपनी नौकरियां छोड़ दीं, वकीलों ने वकालत, अध्यापकों ने विद्यालय जाना, व्यापारियों ने दुकानें खोलना छोड़ दिया। हर प्रकार के लोग इस अद्भुत यात्रा में ज़ोर-शोर से सम्मिलित हुए। गांधी जी 5 अप्रैल, 1930 को डांडी पहुंचे। पूरे देश में नमक क़ानून तोड़ा गया और नमक बनाया गया। वल्लभभाई को सरकार अधिक समय तक जेल में नहीं रख सकी। जून के आखिर सप्ताह में वल्लभभाई जेल से छूट गए। उन दिनों भारत के महान नेता जवाहरलाल नेहरू के पिताश्री मोतीलाल नेहरू कांग्रेस के आंदोलन की अगुवाई कर रहे थे। उसी समय अंग्रेज़ सरकार मोतीलाल को जेल भेजने की योजना बना रही थी, लेकिन महात्मा गांधी उस समय के राजनीतिक घटनाक्रमों के चलते अंग्रेज़ सरकार की मंशा भांप गए थे। परिणामस्वरूप उन्होंने तुरंत ही कांग्रेस की अगुवाई को वल्लभभाई पटेल के हाथों में सौंप दिया।

आगे चलकर सन् 1931 में उन्हें एकमत से कांग्रेस का अध्यक्ष चुन लिया गया। जब महात्मा गांधी से उनकी पसंद के बारे में पूछा गया, तो उन्होंने कहा कि इस पद के लिए सरदार पटेल से बेहतर चुनाव कोई दूसरा नहीं हो सकता। इस ख़बर को सुनकर गुजरात की जनता खुशी से झूम उठी एवं वल्लभभाई ने इस अवसर पर कहा, "आपने एक किसान को भारत की सबसे ऊंची कुर्सी पर बैठने का सम्मान दिया है, मैं अपनी पूरी मेहनत एवं लगन से पार्टी के काम एवं पार्टी को मज़बूत करने को प्रत्यनशील रहूंगा।"

ঞ্জ

अंग्रेज़ सरकार ने अब अनुभव किया कि जब तक कांग्रेसी संगठन की जड़ों को कमज़ोर नहीं किया जाता, तब तक भारतीय उनकी सरकार के विरुद्ध आवाज़ उठाते रहेंगे। अपनी इसी गंदी इच्छा को पूरी करने हेतु सरकार ने कांग्रेस को ग़ैर क़ानूनी संगठन घोषित कर दिया और कांग्रेस के दफ़्तरों को अपने क़ब्ज़े में ले लिया। इन सभी क्रिया-कलापों के पीछे सरकार की मंशा सविनय अवज्ञा आंदोलन को कुचलने की थी। वल्लभभाई पटेल ने एक बार फिर इसके ख़िलाफ़ जनता को एकजुट करने के प्रयास तेज़ कर दिए। इधर लोकमान्य बाल गंगाधर तिलक का जन्म दिवस निकट आ रहा था। वह अपने जीवन के 74 बसंत देख चुके थे। पटेल जी उनके जन्म दिवस के मौके पर उनका भारी मान-सम्मान करना चाहते थे। इसी उद्देश्य की पूर्ति के लिए पटेल जी एवं मदन मोहन मालवीय एक शोभा यात्रा की अगुवाई कर रहे थे। इसी दौरान पुलिस ने जुलूस को चारों तरफ़ से घेरकर बीच में ही रोक दिया। परिणामस्वरूप जनता विद्रोह पर उतर गई और इस स्थिति में पुलिस ने जनता पर लाठियां बरसा दीं। वल्लभभाई को जेल भेज दिया गया और उन्हें तीन महीने की सज़ा सुना दी गई।

जेल से वापस आने के बाद भी वल्लभभाई फिर से देश के लाभ के कर्मों में संलग्न हो गए। इसी श्रृंखला में एक बार बंबई में कांग्रेस के बड़े-बड़े नेता सरकार से विरोध प्रकट करने के लिए जुलूस निकाल रहे थे। पुलिस ने एक बार फिर जुलूस को आगे बढ़ने से रोक दिया, पर आंदोलनकारी वहां से न हटकर ज़मीन पर ही बैठ गए। बारिस भी होने लगी, लेकिन वे लोग परेशान नहीं हुए। पुलिस ने आंदोलनकारियों पर लाठियां बरसाना शुरू कर दी, लेकिन पुलिस आंदोलनकारियों को झुका नहीं पाई। अंततः कांग्रेस के कई बड़े नेता जेल की सीखचों के पीछे पहुंचा दिए गए। महात्मा गांधी एवं वल्लभभाई पटेल दोनों को ही यरवदा जेल में एक साथ ही नज़रबंद कर दिया गया। दोनों नेताओं ने पुणे की

यरवदा जेल में लगभग सोलह महीने साथ-साथ काटे, जब उत्तर प्रदेश में किसानों ने सरकार के विरुद्ध आंदोलन छेड़ा, तब सरकार एवं किसानों के बीच कड़वाहट बढ़ती गई। अतः महात्मा गांधी ने किसानों के समर्थन में लॉर्ड वेलिंग्टन से बातचीत करने का विचार किया, पर उसने गांधी जी से मिलने से इनकार कर दिया। इस पर नाराज़ होकर कांग्रेस ने सरकार के ख़िलाफ़ आंदोलन छेड़ दिया, जिसकी समाप्ति गांधी जी एवं वल्लभभाई की एक बार फिर गिरफ़्तारी के बाद हुई। गांधी जी सदा नींबू में पानी मिलाकर पीते थे। जेल में जब नींबू महंगे मिलने लगे, तो उन्होंने कहा, ‘‘नींबू के स्थान पर अब इमली इस्तेमाल की जाए...।’’

सरदार पटेल ने विरोध किया, ‘‘इमली नुकसान करती है।’’

‘‘क्या नुकसान करती है?’’ गांधी जी ने पूछा।

‘‘उससे हड्डियां गल जाती हैं।’’

‘‘जमनालाल जी तो बराबर इस्तेमाल करते हैं।’’

पटेल ने उत्तर दिया, ‘‘उनकी हड्डियों तक वह पहुंच कहां पाती है!’’

नेताओं के बीच यह हास्य विनोद चल ही रहा था कि तभी जेल में गांधी जी के लिए नारियल की रस्सी से बुनी चारपाई आई। पटेल का विचार था कि चारपाई की रस्सियां हटाकर उसे निवाड़ से बुन दिया जाए, लेकिन बापू को यह पंसद न था, बोले, ‘‘देखो, रस्सी की खाट में खटमल हो जाते हैं, तो गरम पानी डालने से निकल जाते हैं।’’

पटेल ने कहा, ‘‘और निवाड़ को तो केवल धूप में रखने से ही काम चल जाता है।’’

गांधी जी बोले, ‘‘पर निवाड़ मैली हो जाती है।’’

सरदार पटेल ने तुरंत जवाब दिया, ‘‘धोबी को भेजिए, समस्या समाप्त।’’

गांधी जी ने दूसरा तर्क प्रस्तुत किया, ‘‘जानते हो मेरी मां ऐसी ही खाट से अदरक छीला करती थी।’’

सरदार मुस्कराकर बोले, ‘‘इसीलिए तो कहता हूं कि इस खाट पर सोने से, आपके शरीर पर जो थोड़ी-सी चमड़ी है, वह भी छिल जाएगी।’’

‘भाग्यनगर का क़ैदी’ से संबद्ध चित्र

गोलकुंडा का किला

जन्नत की हूरों से कम नहीं थीं
हैदराबाद की नारियां

मोहम्मद कुली कुतुबशाह

भागमती व मोहम्मद कुली कुतुबशाह

भाग्यलक्ष्मी व महबूब अली ख़ान

हैदराबाद के छठे निज़ाम नवाब मीर महबूब अली ख़ान

हैदराबाद के छठे निज़ाम महबूब अली की राजसी-यात्रा का एक दृश्य।

निज़ाम का राजकीय प्रतीक चिह्न एवं सोने का सिंहासन, जिसको निज़ामशाही गुर्गे लाल किले में तख्ते ताउस के रिक्त स्थान पर स्थापित करना चाहते थे। ठीक नीचे
सिर की शोभा बढ़ाने वाले ताज का दृश्य, जो आज नीलामी के लिए बेचैन है।

सलावत जाह और उसकी बहन साहबजादी अहमदुन्नीसा।

हैदराबाद मुक्ति से पहले लिया गया चारमीनार व मक्का मस्जिद का एक चित्र

आज़ादी के पचास साल बाद लिया गया चारमीनार से सटा भाग्यलक्ष्मी मंदिर का चित्र।

अंतिम निज़ाम की पत्नियों की संख्या 250 थी। कुछ ख़ास-ख़ास बेगमों के साथ।

बहुत ही कंजूस था निज़ाम सप्तम

अपने दो पुत्रों के साथ निज़ाम सप्तम

अनीता, जिस पर निज़ाम हुए फिदा

भविष्य के बारे में सोचते हुए निज़ाम

निज़ाम के महल का भयभीत करने वाला गलियारा

निज़ामशाही सरकार द्वारा चलाया गया एक करेंसी नोट एवं नीचे एक सिक्का।

हैदराबाद की यात्रा से वापसी के दौरान ट्रेन में अनीता देलगादो।

अंतिम निज़ाम की बड़ी बेगम महल-ए-मुबारक व इंसेट में सायदा बेगम, जिसने महल-ए-मुबारक से भेंट के दौरान के कई संस्मरण लेखक को सुनाए।

देशद्रोही महिलाएं जो भारत का विखंडन करना चाहती थीं।

हैदराबाद रियासत में हिन्दू किसान बैलों की जगह जुतकर खेती करते हुए।

निज़ाम के परिजनों के साथ गुरु रवींद्रनाथ टैगोर का एक दुर्लभ फोटो

अपने कार्यालय में पटेल

निज़ाम हैदराबाद किसी न किसी बहाने गाड़ी उधार लेते थे और फिर देते ही नहीं थे। ऐसी ही एक गाड़ी में सवार उस्मान अली।

महामना को मिली थी जूती दान में

माउंटबेटन ने निज़ाम को बहुत समझाया

पटेल के सामने आत्मसमर्पण करते हुए हैदराबाद के निज़ाम।

निज़ाम की गाड़ी पर बम फेंकने वाली त्रिमूर्ति

नारायणराव पवार

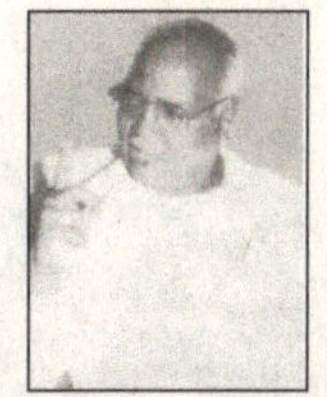
जगदीश आर्य

गंडाराम जी गंडैया

नेहरू के साथ निज़ाम

हैदराबाद मुक्ति आंदोलन के दो महारथी

युवा हृदयसम्राट नरेंद्र

नरेंद्र

नरेंद्र को युवा हृदयसम्राट कहा जाता है। इन्होंने हैदराबाद की स्वतंत्रता में महत्वपूर्ण भूमिका अदा की है। कोठी नामक स्थल पर इनकी भव्य प्रतिमा स्थापित की गई है।

महात्मा आनंद स्वामी

महात्मा आनंद स्वामी ने अपने उपदेशों और साप्ताहिक हिंदी मिलाप द्वारा हैदराबाद की जनता को देशभक्ति का पाठ पढ़ाया। हिंदी मिलाप पर निज़ाम सरकार ने प्रतिबंध लगा दिया था।

म. आनंद स्वामी

निज़ाम ने हैदराबाद को भारत से अलग कर स्वतंत्र राज्य बनाने के लिए हर संभव प्रयास किए। रज़ाकारों की भारी-भरकम सेना गठित की गयी, जिसमें अरब तक के मुसलमान भर्ती किए गये। इतना ही नहीं उसके पास शक्तिशाली वायुसेना भी थी। चित्र में फलकनुमा प्लेस के पास रज़ाकारों का एक दृश्य एवं इनसेट में उसकी वायुसेना का प्रतीक चिह्न।

सरदार पटेल के साथ हैदराबाद राज्य के राजप्रमुख और पूर्व निज़ाम उस्मान अली।

मुकर्रम जाह को उत्तराधिकार में भव्य महल तो मिले, पर निज़ामशाही नहीं।

आज़ादी के बाद जहां लालकिले पर तिरंगा लहराया, वहीं निज़ाम के महल सुनसान हो गए।

निज़ाम ने अपनी संपत्ति का संरक्षक और पदवी का उत्तराधिकारी मुकर्रम जाह को बनाया। उसी के साथ लिया गया उनका एक दुर्लभ चित्र।

भाग्यनगर (हैदराबाद) के प्रथम और अंतिम राजप्रमुख की संपत्ति व पदवी का उत्तराधिकारी मुकर्रम जाह अपनी पूर्व पत्नी मानोल्या ओनुर के साथ।

चारमीनार की छवि वाले सिक्के पुनः चलाने का सपना देखने वाले मुकर्रम जाह का 1992 में लिया गया एक चित्र। संपत्ति विवाद को लेकर अनेक बार मीडिया की सुर्खियों में आए हैं मुकर्रम जाह।

ॐ

कांग्रेस के आंदोलन पर निज़ाम हैदराबाद भी बराबर नज़र रखे हुए थे। इसी संदर्भ में एक दिन उन्होंने कश्मीर नरेश हरिसिंह से कहा, ''यह कांग्रेस आख़िर चाहती क्या है?''

''यह भी कोई पूछने की बात है, सत्ता की भूखी है।''

''ये लंगोटी पहनने वाले संत भला सत्ता संभालने के काबिल हैं!''

''सत्ता संभालने के काबिल भले ही न हों, लेकिन देश की जनता को बहकाकर उनके नेतृत्वकर्ता बनने का नाटक रचाना खूब जानते हैं।''

''यह नाटक भला चलेगा कब तक!''

''जब तक ये लोग हम पर हावी न हों जाएं।''

''हम पर हावी, आप कहना क्या चाहते हैं?''

''यही कहना चाहता हूं कि ये लोग अंग्रेजों को देश से भगाकर शासन सूत्र अपने हाथ में लेना चाहते हैं और यदि ऐसा हो गया, ये हमारे साथ भी नरमी नहीं बरतने वाले।''

''ओह! फिर तो कांग्रेस निश्चय ही हमारे लिए भी बड़ी खतरे की घंटी है।''

''हां, इसलिए ब्रिटिश सम्राट से मिलकर कुछ करना ही होगा।''

ॐ

कांग्रेस ने नशाबंदी एवं स्वदेशी आंदोलन जारी रखते हुए सरकार को दुविधा में डाल दिया। पूरा देश कांग्रेस के साथ हो चला। इस बार लगभग अठारह महीने वल्लभभाई जेल में रहे। जेल से बाहर आने के बाद सन् 1932 में पटेल जी को कई पारिवारिक कष्टों का सामना करना पड़ा। जहां इसी साल उनकी माता की मृत्यु हो गई, वहीं उनके बेटे डाहया भाई पटेल की धर्मपत्नी भी मौत की शिकार हुई, पर पारिवारिक दुःख वल्लभभाई को डिगा न सके। सन् 1933 तक कांग्रेसियों का आंदोलन

इतने भयंकर रूप से चल उठा कि ब्रिटिश सरकार डर गई। फलतः उसने कुछ राजनीतिक क़ैदियों को रिहा कर दिया। वल्लभभाई के बड़े भाई विट्ठल भाई पटेल भी जेल से बाहर आ गए। उनका स्वास्थ्य ठीक नहीं था, अतः इलाज के लिए यूरोप चले गए, जहां उनकी मुलाकात भारतीय स्वतंत्रता संग्राम के सबसे अधिक चमकदार नक्षत्रों में से एक सुभाषचंद्र बोस से हुई। यद्यपि सुभाषचंद्र बोस ने वहां विट्ठल भाई की भरपूर सेवा की, पर उनकी तबियत अधिक खराब हो जाने के कारण उनकी मृत्यु हो गई। जब उनका मृत शरीर बंबई लाया गया तब वल्लभभाई पटेल नासिक जेल में थे। सरकार ने कहा कि कुछ दिनों के लिए हम आपको छोड़ सकते हैं, जिससे कि आप अपने भाई की अंतिम क्रिया कर सकें, पर इसके लिए आपको वायदा करना पड़ेगा कि आप कहीं भी कोई भाषण नहीं देंगे तथा प्रतिदिन पुलिस को अपने कार्यों की जानकारी देते रहेंगे। वल्लभभाई अपने बड़े भाई की मृत्यु के चलते एक तो पहले ही परेशान थे और इस प्रकार की शर्तें सुनकर वे और भी अधिक दुखित हो गए। इस कारण उन्होंने सरकार की दोनों शर्तें मानने से इनकार कर दिया। फ़िलहाल कुछ दिनों बाद उन्हें इसलिए रिहा कर दिया गया, जिससे कि अपनी नाक से परेशान वल्लभभाई ऑपरेशन करा सकें। उसी समय दिल्ली में कांग्रेस की बैठक हुई, जिसमें विचार किया गया कि स्वराज्य पार्टी को दोबारा अस्तित्व में लाया जाए और केंद्रीय असेंबली के चुनाव में भाग लिया जाए। इस तथ्य को ध्यान में रखते हुए सविनय अवज्ञा आंदोलन रोक दिया गया और इससे सरकार ने कांग्रेस पर से रोक हटा ली। बैठक के फलस्वरूप कांग्रेस पार्लियामेंट्री का गठन किया गया। वल्लभभाई इसके अध्यक्ष थे और इसके सदस्यों में प्रमुख थे–अबुल क़लाम आज़ाद, डॉ. राजेंद्र प्रसाद, पंडित मदनमोहन मालवीय आदि।

एक दिन वल्लभभाई पटेल से नेताजी सुभाषचंद्र बोस ने कहा, "वल्लभभाई आपको लगता है कि अंग्रेज गांधी जी के आंदोलन से डरकर देश छोड़कर भाग जाएंगे?"

"आपको कोई शंका," वल्लभभाई बोले, "क्या आप सत्य और

अहिंसा में विश्वास नहीं रखते?''

''रखता हूं, लेकिन...।''

''लेकिन क्या?''

''लातों के भूत बातों से नहीं मानते!''

''बात तो आपकी भी ठीक है, तो मैं कुछ...।''

''आप कहना क्या चाहते हैं या क्या करना चाहते हैं?''

''मैं अंग्रेजों के दुश्मन राष्ट्रों से मित्रता करने के पक्ष में हूं।''

''इससे क्या होगा?''

''उनकी मदद से मैं आजाद हिंद फौज का निर्माण करना चाहता हूं।''

''क्या यह सब इतना आसान है?''

''नहीं है क्या?''

''ऐसा कभी हुआ है?''

''हो भी रहा है।''

''मतलब!''

''राजा महेंद्र प्रताप निर्वासित होकर भी समांतर सरकार चला रहे हैं।''

''बामियान की गुफाओं में छिपकर दो-चार मिटिंगें कर लेने को तुम समांतर सरकार की संज्ञा देते हो?''

''शिकार को पकड़ने के लिए कभी-कभी सिंह को गुफाओं में छिपना भी पड़ता है।''

''ओह! नेताजी आपसे भला कौन जीत सकता है?''

''शायद गांधी जी भी नहीं।''

''हां गांधी जी भी नहीं...कांग्रेस अध्यक्ष पद के चुनाव में उनके समर्थन वाला प्रत्याशी आपसे...।'' बात अधूरी छोड़कर वे मुस्करा दिए।

ꕥ

वर्ष 1935 में जॉर्ज पंचम ने गवर्नमेंट ऑफ इंडिया एक्ट पर हस्ताक्षर कर दिए, इससे भारतीय प्रान्तों को पहले से भी अधिक अधिकार

मिल गए थे। केंद्रीय सत्ता में प्रांत एवं देशी राज्यों को संघ का रूप देने का भी आश्वासन दिया गया। लगातार सेवा के काम में जुटे रहने के कारण वल्लभभाई का शरीर बहुत कमज़ोर हो गया था। सन् 1935 में ही वह गुरुकुल कांगड़ी हरिद्वार गए। वहां उन्होंने दीक्षांत समारोह की अध्यक्षता की।

अध्यक्षता करते हुए उन्होंने कहा, ''स्वामी श्रद्धानंद ने गुरुकुल कांगड़ी की स्थापना करके बड़ा उपकार किया है? लेकिन मैंने सुना है कि इस संस्था के परिसर में बारूद गोले बनाए जाते हैं।''

''हां, इस संस्था में बारूद-गोले बनाए जाते हैं?'' गुरुकुल के आचार्य ने कहा।

''तो मैं उस विभाग को देखना चाहता हूं, जिसमें बारूद और गोले निर्मित किये जाते हैं।''

''रात के बारह बजे उसका निरीक्षण करवा सकता हूं।''

''रात के बारह बजे क्यों?''

''क्या अंग्रेजी शासन में... ।''

''ओह! समझ गया?''

और रात के बारह बजे स्वामी जी के साथ सरदार वल्लभभाई पटेल बम बारूद बनाने वाले विभाग का निरीक्षण करने निकले, ''कहां बनाए जाते हैं बम-गोले।''

''यही इन्हीं कक्ष में तो।'' स्वामी जी ने उत्तर दिया।

''मगर इन आगारों में तो छात्र सो रहे हैं, यहां तो बम-गोले बनाने की कोई सामग्री नज़र आती ही नहीं।''

''यही तो बम-गोले हैं, जिनका निर्माण हम करते हैं,'' छात्रों को दिखाते हुए स्वामी जी ने पटेल से कहा।

''ओह! बहुत खूब।''

''हां, जिस दिन ये बम गोले फटेंगे, उस दिन निश्चित रूप से अंग्रेजों के राज्य का कभी न अस्त होने वाला सूरज सदा के लिए डूब जाएगा।''

''बिल्कुल ठीक कहते हो स्वामी जी,'' पटेल ने कहा, ''देश को आज

ऐसे ही आचार्यों की जरूरत है, जो राष्ट्रभक्त छात्रों का निर्माण कर सके।"

ॐ

हरिद्वार स्थित गुरुकुल कांगड़ी से सरदार पटेल कन्या गुरुकुल देहरादून जाकर दिल्ली वापस लौटे तो उस समय वह निमोनिया से पीड़ित थे, पर ऐसी मुसीबतें लौह पुरुष को कभी रोक नहीं पाई थीं, शायद इसलिए उन्होंने लखनऊ में हुए कांग्रेस के अधिवेशन में भाग लिया।

और सिलसिला बढ़ता गया

देश में चुनावी समय नज़दीक आ रहा था। वल्लभभाई ने बिना थके अपने प्रयास जारी रखे। उन्होंने चुनावी घोषणा-पत्र तैयार किया। दिसंबर, 1936 में महाराष्ट्र स्थित फ़ैजपुर में कांग्रेस का अधिवेशन हुआ था, जिसकी अध्यक्षता जवाहरलाल नेहरू ने की थी। यद्यपि वल्लभभाई एवं जवाहरलाल नेहरू का उद्देश्य एक ही था, लेकिन उनके विचार अलग-अलग थे। नेहरू का झुकाव मूलतः साम्यवाद की ओर था, जबकि वल्लभभाई इससे पूरी तरह सहमत नहीं थे।

"देश में एकपक्षीय जनवादी सरकार होनी चाहिए?" नेहरू जी का विचार था।

पटेल ने कहा, "यह क्यों नहीं कहते कि माओवादियों की तानाशाही होनी चाहिए।"

"मैंने ऐसा कब कहा? क्या मैं आपको माओवादी लगता हूं?"

"तो आपका क्या मतलब है, क्या एकपक्षीय जनवादी सरकार का और कोई मतलब भी हो सकता है।"

"..."

"हमें आजादी चाहिए तो बहुदलीय संसदीय प्रणाली भी चाहिए। नहीं तो ऐसी आजादी किस काम की, जिसमें एक कौम की तानाशाही से पीछा छूटे और दूसरे आतंकियों के पंजे में भिंचना पड़े।"

"ओह! पटेल, आप तो हमेशा उल्टा ही सोचते हो?"

"उल्टा नहीं! मैं हमेशा राष्ट्र हित में सोचता हूं।"

"क्या मैं राष्ट्र हित में नहीं सोचता?"

"मैंने तो ऐसा कुछ नहीं कहा? लेकिन आपकी विचारधारा रूस के करीब है।"

"तो इसमें बुराई ही क्या है?"

"नहीं बुराई तो कुछ भी नहीं, लेकिन रूस के सिद्धांत और संविधान का अनुकरण हमारे देश में संभव नहीं।"

"क्यों नहीं,"

"भारत एक कृषि प्रधान देश है।"

"यही तो मैं चाहता हूं।"

"अर्थात्!"

"देश की सारी कृषि भूमि पर सरकार का अधिकार हो। सहकारी समितियों की स्थापना कर देश में बड़े-बड़े कृषि फार्म और विशेष औद्योगिक क्षेत्र स्थापित किये जाएं।"

"और किसानों को उनकी ही जमीन में मजदूरी करने करने के लिए मजबूर होना पड़े।"

"मैंने ऐसा कब कहा, लेकिन मैं चाहता हूं कि कृषि की संपूर्ण उपज पर सरकार का अधिकार हो और देश के प्रत्येक नागरिक को सार्वजनिक वितरण प्रणाली के अनुसार भरपेट अन्न वितरण किया जाए। इससे देश में खुशहाली आएगी।"

"ओह! तुम देश में रक्तपात बहाना चाहते हो?"

"तुम कहना क्या चाहते हो?"

"यदि सब किसानों की जमीन सरकार बड़े-बड़े कृषि फार्मों और विशेष औद्योगिक क्षेत्रों के नाम पर हड़प लेगी तो किसान क्या हाथ पर हाथ धरे चुप बैठे रहेंगे?"

"भूखे और नंगे किसान कर ही क्या सकते हैं।" नेहरू ने कहा, "देश की खुशहाली का रास्ता केवल सहकारिता से ही संभव है।"

"भगवान को मंदिर से निकालकर आप वरदान पाना चाहते हैं?"

"मतलब?"

"अन्न देवता की भूमि छीनने का षड्यंत्र रचना क्या किसी सामंतशाही कानून से कम होगा?"

"ओह पटेल!"

"ओह, पटेल क्या? मैं आपके ऐसे इरादों को कभी सफल नहीं होने दूंगा।"

"तुम भी, मैं तो यूं ही...।" कहकर वह मुस्करा दिए।

☙❧

कांग्रेस के अध्यक्ष पद के लिए उस समय जवाहरलाल नेहरू एवं वल्लभभाई पटेल दोनों के ही नाम सामने आए थे, लेकिन इस पद के पटेल जी मज़बूत उम्मीदवार थे। महात्मा गांधी ने तब किसी भी प्रकार का टकराव टालने के उद्देश्य से पटेल जी से अपना नाम वापस लेने का आग्रह किया, "मैं चाहता हूं कि तुम अपना नाम वापस ले लो।"

"मगर क्यों?"

"क्या मुझसे सवाल करोगे?"

"बापू और आपसे सवाल," पटेल ने कहा, "महात्मा जी मैं आपके विचारों से प्रभावित हूं, इसलिए आपकी बात कभी नहीं टाल सकता, लेकिन शंका का समाधान तो...।"

"..."

"ठीक है मैं अपना नाम वापस लेता हूं।"

इस प्रकार वल्लभभाई ने गांधी जी की इच्छा का सम्मान करते हुए अपना नाम वापस ले लिया, पर उन्होंने कहा, "मैंने अपना नाम वापस ले लिया है, पर इसका अर्थ यह नहीं है कि मैं जवाहरलाल नेहरू की विचारधारा से पूरी तरह सहमत हूं। कांग्रेस के सदस्य जानते हैं कि कुछ महत्त्वपूर्ण मुद्दों पर निश्चित रूप से हम दोनों में मतभेद हैं, पर उद्देश्य

हमारा एक ही है और वह है भारत की स्वतंत्रता।"

फरवरी, 1937 तक असेंबली के चुनाव पूरे हो चुके थे। कांग्रेस को पूरे देश में भारी सफलता मिली थी। बंबई में मंत्रिमंडल का गठन किया गया और प्रांतों में भी कांग्रेस की सरकारें बनीं। वल्लभभाई ने तब बहुत से किसानों की ज़मीनें जो अंग्रेज़ों द्वारा ज़ब्त कर ली गई थीं, वापस दिलाईं। इसके अलावा बहुत से छोटे-छोटे विवादों को बुद्धिमत्ता से सुलझाया। शासन व्यवस्था को पहले से भी और अधिक चुस्त-दुरुस्त किया। वह जनता का पूरा ध्यान रखते थे। यदि कोई राज्य की सरकार वहां की जनता के हितों की अनदेखी करती, तो वल्लभभाई उसके ख़िलाफ़ क़दम उठाने में बिल्कुल भी नहीं झिझकते थे। उनकी न्यायप्रियता अद्भुत थी। अब भारतीयों के अधिकारों में मामूली-सी बढ़ोतरी तो हो गई थी, लेकिन अभी भी अंग्रेज़ सरकार की भारत में उपस्थिति ने वल्लभभाई समेत देश के सभी नेताओं को विचार करने को मजबूर किया हुआ था।

वर्ष 1939 में दूसरा विश्वयुद्ध शुरू हो गया। जर्मनी ने पोलैंड पर हमला कर दिया एवं ब्रिटेन और फ्रांस ने जर्मनी के ख़िलाफ़ युद्ध का बिगुल बजा दिया। अंततः भारत सरकार ने भी जर्मनी के खिलाफ युद्ध में उतरने का ऐलान कर दिया।

देश के सभी बड़े नेता इस घोषणा से सकते में आए, क्योंकि सरकार ने यह घोषणा पार्लियामेंट्री बोर्ड के अध्यक्ष वल्लभभाई पटेल की अनुमति लिए बिना ही कर दी थी। इसके लिए वल्लभभाई ने सरकार से अपनी घोर आपत्ति जताई। उन्होंने सिंह की भांति गरजते हुए कहा, "पहले सरकार हमारे देश को आज़ाद करने की घोषणा करे, तभी हम जर्मनी के ख़िलाफ़ युद्ध करने पर विचार कर सकते हैं।"

इस विरोधाभास से निपटने के लिए अंग्रेज़ सरकार ने गांधी जी को बातचीत के लिए बुलाया। गांधी जी ने तुरंत ही कार्यसमिति की बैठक बुलाई और उसमें तय किया गया कि ब्रिटिश सरकार भारत को पूरी स्वतंत्रता के पक्ष में पहले स्पष्ट घोषणा करे।" नेताओं की इस मांग के

चलते वायसराय ने घोषणा की, "ब्रिटेन भारत को औपनिवेशक राज्य का दर्जा देने के लिए तैयार है एवं युद्ध के खत्म होने के बाद गवर्नमेंट ऑफ इंडिया एक्ट में समस्त संप्रदायों एवं निहित स्वार्थवालों की सम्मति से संशोधन कर दिया जाएगा।"

वायसराय ने कांग्रेसी नेताओं को जो आश्वासन दिया था, उसके विषय में जानकर निज़ाम बौखला उठे और उन्होंने वायसराय से भेंट की, "आप हमारे उपकारों का यह फल दे रहे हैं!"

"क्या हुआ निज़ाम साहब!"

"यह मैं क्या सुन रहा हूं कि ब्रिटेन भारत को औपनिवेशक राज्य का दर्जा देने के लिए तैयार है, इसका क्या मतलब है?"

"इसका मतलब है, संभवतः जो भी आगामी सरकार भारत का शासन चलाएगी, उसी से राजे-रजवाड़े को संबंध रखने होंगे।"

"क्या आप बटलर कमेटी की रिपोर्ट भी भूल गए।"

"बटलर कमेटी की रिपोर्ट!"

"हां, बटलर कमेटी की रिपोर्ट, जिसमें स्वीकार किया गया था कि शाही इतिहास में भारतीय नरेशों की प्रभावशाली भूमिका रही है। ग़दर के जमाने में उनकी राजभक्ति, महायुद्ध में उनकी विशेष सेवाएं, ब्रिटेन के राजमुकुट, राजा और राजपरिवार के प्रति उनकी अगाध श्रद्धा हमारे अभिमान और साम्राज्य के लिए गौरव की बात है।"

"हमने कहां कहा गौरव की बात नहीं है।"

"यदि गौरव की बात है, तो फिर गवर्नमेंट ऑफ इंडिया एक्ट में समस्त संप्रदायों एवं निहित स्वार्थवालों की सम्मति से संशोधन कर देने के वायदे को क्या कहेंगे?"

"आप सार्वभौम सत्ता की परिभाषा जाने बिना ही हमसे वाद-विवाद करने चले आए।"

"क्या है आपकी परिभाषा?" निज़ाम ने पूछा।

"सम्राट का अधिकार, सेक्रेटरी आफ स्टेट तथा गवर्नर 'जनरल इन काउंसिल' के द्वारा जो ग्रेट ब्रिटेन की पार्लियामेंट के प्रति उत्तरदायी है।"

"आपकी बातों से संतोष तो हुआ," निज़ाम ने कहा, "पर निराशा का अनुभव मैं अब भी कर रहा हूं।"

"निराश होने की जरूरत नहीं। अखिल भारतीय राज्य-संघ में राजाओं का आना उनके ही हित की बात होगी।"

"कैसे?"

"लगभग 33 प्रतिशत रजवाड़े विधान मंडल के सदस्य होंगे और साथ ही ऊपरी सदन में भी 40 प्रतिशत होंगे।"

"मैं कुछ समझा नहीं!"

"इसका मतलब है यदि कांग्रेस ज्यादा सीटें भी हासिल कर लेगी तो भी राजा-महाराजाओं की सत्ता और अधिकारों पर आंच नहीं आने वाली।"

"ओह! यह बात है, तो फिर हमारा सहयोग भी सम्राट हो हमेशा की तरह ही रहेगा।"

"आप जैसे निज़ामों की राजभक्ति के कारण तो ब्रिटिश राज्य में हमेशा सूर्योदय रहता है।"

❧

सारा संसार एक बार फिर विश्वयुद्ध की आग में झुलस गया और भारी तबाही के बाद इंग्लैंड एवं उसके सहयोगियों ने जब विजय प्राप्त की, तो तब ब्रिटिश सरकार ने शिमला में भारत के प्रतिनिधियों की बैठक बुलाई। परंतु उस बैठक में उसने वल्लभभाई एवं गांधी जी समेत दूसरे नेताओं को टालमटोल करके बात को टालने का प्रयास ही नहीं किया, बल्कि सांप्रदायिकता की आड़ में प्रत्यक्ष में भारत का शुभचिंतक जबकि अप्रत्यक्ष में भारतीयों के हितों पर कुठराघात करने के तरह-तरह

के हथकंडे अपनाए। इससे कांग्रेस सकते में आ गई और उन्होंने आंदोलन करने की घोषणा कर दी। परिणामस्वरूप सत्याग्रह आंदोलन शुरू हो गया। वल्लभभाई ने जगह-जगह जाकर अंग्रेज़ सरकार के कुकृत्य की जानकारी जनता को देते हुए उन्हें आंदोलन के बारे में बताया। देश के कई भागों में उन्होंने भाषण देते हुए राष्ट्रीय चेतना जगाने का प्रयास किया एवं भारतीय जनता में एक नए जोश का संचार करते हुए वह कहते थे, "राष्ट्रीय चेतना को संसार की कोई ताक़त दबा सकती है क्या? अंग्रेज़ सरकार का कथन है कि यदि वे चले गए तो हमारा क्या हश्र होगा? यह एक मूर्खतापूर्ण एवं विचित्र प्रश्न है। यह एक ऐसा प्रश्न प्रतीत होता है कि जैसे कोई चौकीदार अपने मालिक से कहे कि यदि वह चला गया, तो उसके मालिक का क्या होगा? इसका सही उत्तर है कि अपनी समस्याओं से हम स्वयं निपट लेंगे, चाहे वो सामाजिक समस्याएं हों या राष्ट्रीय। तुम अपना रास्ता देखो। हम या तो दूसरा चौकीदार रख लेंगे या खुद ही अपनी रखवाली करेंगे।"

पूरा देश अंग्रेज़ सरकार की मनमानी के ख़िलाफ़ खड़ा हो गया और सत्याग्रह की लपटों में सरकार ने जब देखा कि उसका सिंहासन हिल उठा है, तो सरकार ने वल्लभभाई समेत कांग्रेस के सभी बड़े नेताओं को जेलों में ठूंस दिया, पर वल्लभभाई के ख़राब स्वास्थ्य के चलते जल्दी ही उन्हें रिहा कर दिया गया। जेल से बाहर आने के बाद उनकी राजनीतिक गतिविधियां पूर्व की भांति चलने लगीं। मार्च, 1942 में क्रिप्स को भारत भेजा गया। उसने ब्रिटिश सरकार के प्रस्तावों की जानकारी सरदार वल्लभभाई एवं उनके सहयोगियों को दी। प्रस्ताव में कहा गया था कि यथाशीघ्र भारत को औपनिवेशिक राज्य का दर्जा मिल जाएगा। सभी दलों के सहयोग से संविधान परिषद का गठन किया जाएगा। प्रांतों की जनसंख्या के आधार पर वहां के प्रतिनिधियों को संविधान परिषद में रखा जाएगा। कोई प्रांत यदि भारत से अलग रहना चाहेगा, तो उसे इसकी छूट होगी और भारतीय सेना की देखभाल ब्रिटिश सरकार के हाथों होगी।

नेताओं ने अंग्रेज़ों के इस प्रस्ताव को मंजूर नहीं किया, जिससे स्पष्ट

था कि अभी भी भारतवासियों को अंग्रेज़ों के अनुसार ही चलना पड़ेगा। दूसरी तरफ़ गांधी जी सहित देश के सभी नेता जानते थे कि अंग्रेज़ अभी-अभी विश्वयुद्ध की घटना से प्रभावित हुए हैं, इसलिए यही वो उचित समय है, जबकि भारत को उनके चंगुल से छुटाकर आज़ादी दिलाई जा सकती है। गांधी जी ने इस सुनहरे अवसर को पहचानते हुए नारा दिया, 'करो या मरो', 'अंग्रेज़ों भारत छोड़ो' जगह-जगह कांग्रेस की बैठकें होने लगीं, अब सभी का ध्यान इस नारे पर था। धीरे-धीरे पूर्ण भारत की जनता आंदोलन से जुड़ गई एवं देश के प्रत्येक कोने से लोग गुस्से में दहाड़ने लगे, 'अंग्रेजों भारत छोड़ो।' देश के सभी नेता इस मौके का लाभ उठाना चाहते थे। वल्लभभाई भी आंदोलन में नई ऊर्जा भरने के काम में प्रयत्नशील थे। जुलाई, 1942 को लोकल बोर्ड के मैदान में अपने भाषण के दौरान उन्होंने कहा, "आप अपने मन से डर निकाल दें। ऐसा समय फिर कभी नहीं आएगा। हमें अंततः यह कभी न कहना पड़े कि गांधी जी अकेले थे। जब वह 74 वर्ष की अवस्था में भारत की आज़ादी की लड़ाई लड़ने निकल पड़े हैं, तब तो हमें देश की परिस्थिति पर विचार करना चाहिए। आपसे मांग की जाए अथवा न की जाए, समय आए या न आए, किंतु आपके लिए अब यह पूछने को नहीं रह जाता कि यह कैसा कार्यक्रम है? इस विषय पर प्रश्न मत कीजिए, बैठे मत रहिए, देश की स्वाधीनता के लिए किए जाने वाले प्रयासों में अपना सहयोग दीजिए। हमने अंग्रेज़ों को यह चेतावनी दे दी है कि अब वे हमारा देश छोड़कर चले जाएं। उनके लिए कोई दूसरा रास्ता नहीं है, क्योंकि अब हमें स्वतंत्र होना ही है, उनकी गुलामी अब एक क्षण के लिए भी सहन नहीं की जा सकती।"

इसी प्रकार वल्लभभाई जगह-जगह भाषण देते एवं आम जनता को देश की स्वतंत्रता में सहयोग देने की अपील करते। लोगों में इस प्रकार लगातार बढ़ती चेतना से अंग्रेज़ सरकार घबरा गई एवं उसने गांधी जी और वल्लभभाई को गिरफ़्तार कर लिया। वल्लभभाई की गिरफ़्तारी का समाचार सुनकर उनके बेटे डाह्याभाई पटेल ने आंदोलन को तेज़ करने

का प्रयास किया। उन्होंने जगह-जगह महात्मा गांधी, वल्लभभाई के द्वारा दिए गए भाषणों की प्रतियां बांटना शुरू कर दिया। परिणामस्वरूप उन्हें भी गिरफ़्तार कर लिया गया। अब जनता में भयंकर गुस्सा फैल गया। जगह-जगह प्रदर्शन, रैली एवं आंदोलन होने लगे। सरकार ने अन्य नेताओं की भी धर-पकड़ शुरू कर दी। लगभग पंद्रह हज़ार आंदोलन करने वालों को क़ैद कर लिया गया। जेलें कम पड़ गईं, पर आंदोलन की तेजी एवं भारतीय जनमानस में जोश बढ़ता चला गया। इससे अंग्रेज़ सरकार की हताशा बढ़ती जा रही थी। अब अंग्रेज़ों ने हिंसा का सहारा लिया। हज़ारों लोगों को मारा जाने लगा एवं इससे भी कहीं अधिक संख्या घायलों की रही। सरकार ने बूढ़ों को, महिलाओं को एवं बच्चों को भी नहीं छोड़ा, पर आंदोलन पर इसका कोई फ़र्क नहीं पड़ा। इस आंदोलन में छात्र, छात्राएं, वकील, व्यापारी, शिक्षक एवं मज़दूर सभी कूद पड़े थे। रेल कर्मचारी काम पर नहीं गए, डाकियों ने हड़ताल कर दी, अध्यापकों ने विद्यालय जाना बंद कर दिया।

जून, 1945 में वल्लभभाई को जेल से छोड़ दिया गया। क़रीब इसी समय महात्मा गांधी को भी जेल से रिहा कर दिया गया। जब वल्लभभाई को यह शुभ समाचार मिला, तब देश में आंदोलन की तेज़ी को देखते हुए एवं गांधी जी की रिहाई को केंद्र में रखते हुए उन्होंने कहा—“ऐसा लगता है कि आज़ादी अब अगले ही क्षण आने वाली है।”

ঔ

देश के बड़े नेताओं के जेल से बाहर आने पर 25 जून से 28 जून तक शिमला में कांग्रेस कार्यसमिति की बैठक हुई एवं वल्लभभाई भी इसमें सम्मिलित हुए। कांग्रेस तथा मुस्लिम लीग के मतभेदों पर एक राय बनाने के लिए विस्तार से चर्चा तो हुई, पर कोई ख़ासा लाभ नहीं मिल सका। उसी समय एक महत्त्वपूर्ण घटना घटित हुई थी। भारतीय नौ सेना में सैनिकों के साथ पक्षपात होता था। ब्रिटिश सैनिकों के सामने उनकी

उपेक्षा की जाती थी। परिणामस्वरूप सैनिकों ने सरकार के विरुद्ध विद्रोह कर दिया। इससे अंग्रेज़ घबरा गए और उन्होंने बल्लभभाई से मामले पर हस्तक्षेप करते हुए मदद के लिए प्रार्थना की। वल्लभभाई ने विद्रोहियों को समझा-बुझाकर शांत कर दिया।

8 अगस्त, 1946 को वर्धा में कांग्रेस कार्यसमिति की बैठक हुई, जिसमें बहुत सारी समस्याओं पर विचार-विमर्श हुआ। तभी अंग्रेज़ सरकार ने समिति को अंतरिम सरकार के गठन के लिए न्योता दिया। कार्यसमिति द्वारा जवाहरलाल नेहरू को यह काम सौंपा गया। वल्लभभाई एवं डॉ. राजेंद्र प्रसाद उपसमिति के सदस्य बनाए गए। वल्लभभाई को गृह मंत्रालय के साथ सूचना एवं आकाशवाणी मंत्रालय दिया गया।

ᨒ

"सरदार पटेल को गृह मंत्रालय के साथ सूचना एवं आकाशवाणी मंत्रालय क्यों दिया गया है, क्या आप जानते हैं?"

"वे एक सक्षम नेता हैं, इसलिए।"

"आप भी बड़े भोले हैं जिन्ना साहब!" निज़ाम ने चुटकी बजाते हुए कहा, "अंतरिम सरकार में उनकी भूमिका का मतलब है कि वे मदारी होंगे और तुम बंदर बनके नाचोगे।"

"आप यह क्या कह रहे हैं।"

"मैं सच कह रहा हूं, अंतरिम सरकार में मुसलमानों या मुस्लिम लीग को हासिए पर पटक दिया गया है और इसका मतलब है कि सियासत में अब कांग्रेस की ही तूती बोलेगी।"

"ऐसा मैं कभी नहीं होने दूंगा।"

"तो तुम क्या करोगे।"

"मैं जो करूंगा, उसकी तो आप कल्पना भी नहीं कर सकते।" निज़ाम के साथ अपनी उस गुप्त बैठक को हैदराबाद हाऊस में बीच में ही छोड़कर उठ खड़े हुए थे जिन्ना और यह उसी का ही परिणाम था कि 16 अगस्त,

1946 को मुस्लिम लीग ने प्रत्यक्ष कार्य दिवस के रूप में मनाते हुए देशभर में हिंसा फैला दी। उस दिन काफ़ी मात्रा में हत्या, बलात्कार और लूटपाट की घटनाएं हुईं। देश में भड़के दंगों को शांत करने के लिए गांधी जी उपवास पर बैठ गए। वल्लभभाई ने तमाम स्थितियों का अध्ययन करने पर पाया कि इस घृणित घटना के पीछे निज़ाम का हाथ है। उन्होंने शांति बहाली करने के अपने भाषणों के दौरान उनका स्पष्ट जिक्र भी किया, जिससे कुछ नेता उनसे नाराज़ हो गए। अक्टूबर माह के शुरू में पश्चिम बंगाल के नोवाखाली ज़िले में तीन सौ हिंदुओं की बर्बरतापूर्वक हत्या कर दी गई, औरतों के साथ बलात्कार किया गया एवं कई हिंदुओं का बलपूर्वक धर्म परिवर्तन करवा दिया गया। बिहार के हिंदुओं समेत देश के कई भागों में इसका जवाब इसी प्रकार दिया गया। नवंबर के महीने में हिंसा पूर्वी उत्तर प्रदेश तक पहुंच गई। यह इस बात का महत्त्वपूर्ण संकेत था कि सत्ता परिवर्तन पूरे भारत में एक साथ नहीं हो पाएगा, क्योंकि मुस्लिम लीग जिसके संयोजक मुहम्मद अली जिन्ना थे, की केवल एक मांग मुसलमानों के लिए एक अलग राज्य की थी, जिसमें कई महत्त्वपूर्ण इलाक़े शामिल थे। 1946 के अंत तक पटेल जी इस नतीजे पर पहुंच चुके थे कि अब भारत का बंटवारा होने से नहीं रोका जा सकता। इस दौरान, अंग्रेज सरकार से जिन्ना ने अपनी नई मांगें रखीं, "कलकत्ता को छह महीनों के लिए दो सरकारों से शासित किया जाए।"

"ऐसा छह घंटों के लिए भी नहीं किया जाएगा।" पटेल का जवाब था। जिन्ना ने जब पश्चिमी पाकिस्तान को पूर्वी पाकिस्तान से जोड़ने के लिए आठ सौ मील लंबा रास्ता मांगा, तो पटेल ने अपनी प्रतिक्रिया देते हुए कहा, "इस बेतुके प्रस्ताव पर तो ग़ौर भी नहीं किया जा सकता।"

❦

फरवरी 1947 में, ब्रिटेन की लेबर पार्टी की सरकार, जो कांग्रेस पार्टी के साथ सहानुभूति रखती थी, ने क्वीन के कजन, लॉर्ड माउंटबेटन

को भारत का वायसराय नियुक्त किया। उनको साफ-साफ बता दिया गया था कि अंग्रेजों को भारत से अब बाहर निकल आना है और सत्ता को हिंदुस्तानियों (कांग्रेस) को सौंप देना है।

जैसे ही वह दिल्ली आए उन्होंने राजा-महाराजाओं को चैंबर ऑफ प्रिंसेंस में एक कान्फ्रेंस के लिए बुलाया। उस दिन दुनिया की सबसे कठोर सीमाओं में जकड़ी हुई बिरादरी की वह अंतिम सभा थी। जरी की सुनहरी पोशाकों, तमगों से चमचमाती हुई वर्दियों, हीरे-जवाहरात से दमकती हुई पगड़ियों में सजे-धजे पसीने से तर-बतर भारत के 75 सबसे महत्त्वपूर्ण महाराजा और नबाब और 74 दूसरे राजे-महाराजों का प्रतिनिधित्व करने वाले उनके दीवान नई दिल्ली की उमस भरी गरमी में वायसराय के मुंह से यह सुनने के लिए जमा हुए थे कि इतिहास ने उनकी किस्मत का क्या फैसला किया है।

माउंटबेटन खुद अपनी नौ-सेना की वर्दी पर चमकते हुए तमगों की कतार सजाए हुए नरेंद्र-मंडल के उस छोटे-से चंद्राकार कमरे में आए। नरेंद्र-मंडल के अध्यक्ष उन्हें अपने साथ मंच पर ले गए, जहां से वह बड़े शांत भाव से अपने सामने बैठे हुए इन दुखी लोगों को घूरकर देखते रहे। माउंटबेटन ने दृढ़ता के साथ कहा, "पासा फेंका जा चुका है," उसने राजाओं के शासन के अंत की ओर संकेत कर दिया।

हैदराबाद के निज़ाम ने कपूरथला के महाराजा से पूछा, "मित्र यह पासा फेंकने वाली बात किस ओर संकेत करती है?"

"शायद अंग्रेज हमें और सुविधाएं देना चाहते हैं।"

"ओह! मैं तो घबरा ही गया था।"

लेकिन तभी माउंटबेटन ने बात आगे बढ़ाते हुए कहा, "आप सभी राजा-महाराजाओं और ब्रिटिश क्राउन के साथ आपकी प्रसिद्ध संधियों को हल करने का कोई समाधान मुझे नजर नहीं आता। अगर आप सब लोग अपनी प्रभुसत्ता और शासन चलाना चाहते हैं, तो आपको 'इंस्ट्रूमेंट ऑफ सक्सेशन' नामक एक दस्तावेज पर भारत सरकार के साथ हस्ताक्षर करने होंगे, जिससे आप सब लोग भारत व पाकिस्तान में से किसी एक राष्ट्र

के साथ जुड़ सकते हैं, जो स्वतंत्रता के साथ बागडोर संभालेंगे।''

''यह क्या बक गया, क्या हम दो टके के नेताओं से समझौता करेंगे?'' निज़ाम ने कपूरथला के महाराज की राय जाननी चाही।

''ये अंग्रेज आख़िर हमारी प्रभुसत्ता की अंत्येष्टि क्यों करना चाहते हैं। बागी कांग्रेस और मुस्लिम लीग को इतना महत्व क्यों दिया है।''

''इन्हें जाना ही है, तो हमें हमारे हाल पर छोड़ देना चाहिए।''

''लेकिन लगता है छोड़ेंगे नहीं।''

''आसार तो कुछ ऐसे ही हैं।''

माउंटबेटन को पूर्ण विश्वास था कि उन्होंने जो रास्ता बताया है, उसी पर चलकर भारत के राजे-महाराजे अपने लिए सबसे अच्छी व्यवस्था की आशा कर सकते हैं। इसलिए उन्होंने दृढ़ निश्चय कर लिया था कि ये लोग कितना ही न चाहें, वे कितने ही व्यथित होकर इसके विरूद्ध आवाज क्यों न उठाएं, पर वह उन्हें बटोरकर पटेल की झोली में डाल देंगे।

माउंटबेटन अपने भाषण के लिए कुछ लिखकर नहीं लाए थे, पर उनके स्वर में खरापन और जोश था। उन्होंने अपने श्रोताओं से अनुरोध किया, ''सभी विलय के समझौते पर हस्ताक्षर कर अपनी रियासतों को लेकर भारत या पाकिस्तान में शामिल हो जाएं।''

चारों तरफ खामोशी थी, जैसे कि राजा-महाराजा को सांप सूंघ गया हो, पर माउंटबेटन शांत रहने वाले नहीं थे। उन्होंने कहना जारी रखा, ''हथियार उठाने का नतीजा खून-खराबे और तबाही के अलावा और कुछ नहीं होगा। मैं आप लोगों से अनुरोध करता हूं कि आज से दस साल बाद की बात सोचिए। सोचिए कि उस वक्त भारत की और दुनिया की हालत क्या होगी और फिर उसी हिसाब से काम करने की कोशिश कीजिए।''

इतिहास के उतार-चढ़ाव की इस दलील पर वहां पर जमा भांति-भांति के लोगों पर उतना असर नहीं हुआ, जितना कि वायसराय की उस बात का जो उन्होंने इसके बाद कही। उनका अस्तित्व मिटने वाला था, जिस दुनिया से वे परिचित थे वह ढह रही थी, लेकिन जिस दलील का उनमें

से कुछ लोगों पर सबसे ज्यादा असर हुआ, उसका संबंध मीनाकारी के उन रंग-बिरंगे टुकड़ों से था, जो उनके सीनों पर चमक रहे थे। माउंटबेटन ने स्पष्ट कहा, ''अगर आप लोग विलय के समझौते पर दस्तखत कर देंगे तो पटेल और कांग्रेस आप लोगों को इस बात की अनुमति दे देंगे कि आप ब्रिटेन के बादशाह से सम्मान और उपाधियां पहले की तरह ही पाते रहें।'' अपना भाषण समाप्त करने के बाद वायसराय ने उन राजा महाराजाओं से प्रश्न पूछने को कहा। माउंटबेटन उन लोगों की बेतुकी बातें सुनकर दंग रह गए। उन लागों को जिन चीज़ों से दिलचस्पी थी, उनमें से कुछ तो ऐसी बेतुकी थीं कि वायसराय एक क्षण के लिए यह सोचने लगे कि इन लोगों को और उनके दीवान लोगों को यह पता भी है या नहीं कि उनके साथ क्या होने वाला है?

इस प्रतिष्ठित सभा में भाग लेने वाले निज़ाम को सबसे बड़ी चिंता यह थी कि अगर उन्होंने भारत में अपनी रियासत का विलय कर दिया तो क्या आज की तरह उन्हें अपनी रियासत के जंगलों में शेर का शिकार करने का अधिकार रहेगा?

''सियासत में शेर का शिकार कहां से आ गया!''

''और जनता व धनपतियों से नजराना लेना?''

''नए भारत में नए कानून बनेंगे और वे कैसे होंगे उनके बारे में मैं कैसे बता सकता हूं।''

''क्यों नहीं बता सकते आप?'' निज़ाम ने पूछा।

''क्योंकि नए कानून तो भारतीय स्वयं ही बनाएंगे।'' वायसराय का जवाब था।

''क्या कानून हम राजा लोग नहीं बना सकते?''

माउंटबेटन एक क्षण तक कुछ सोचते रहे, फिर उन्होंने अपने सामने रखा हुआ बड़ा-सा कांच का गोल पेपरवेट उठा लिया। कांच के उस गोल टुकड़े को अपने हाथों में किसी प्राचीन भारतीय साधु-महात्मा की तरह घुमाते हुए उन्होंने कहा, ''मैं अभी अपने गोले में देखकर बताता हूं कि आपके प्रश्न का जवाब क्या हो?''

अपने माथे पर बल डालकर वह कांच के उस गोले को बड़े रहस्यमय ढंग से घूरते रहे। लगभग दस सेकेंड तक सन्नाटा छाया रहा, जिसके दौरान सभा-भवन में कुछ अधिक स्थूल काया वाले नरेशों की सांस लेने की आवाज ही सुनाई देती रही। भारत में महाराजा भी ऐसे जादू-टोने को हास्य-विनोद समझकर टाल नहीं सकते थे।

माउंटबेटन ने बड़ी नाटकीय ढंग से अस्फुट स्वर में कहना शुरू किया, "ओह, वह रहा आपका बनाया हुआ भावी संविधान, जिसमें लिखा है प्रशासक वह होगा, जिसे जनता चुनेगी।"

ଓଃ

इसी दिन दोपहर बाद निज़ाम ने वायसराय के सबसे कट्टर विरोधी सर कानरैड कॉरफील्ड से एक गुप्त मुलाकात की, "सर आप ही कुछ करिए।"

"क्यों नहीं मैं आज ही हवाई जहाज से लंदन जा रहा हूं और सीधे सम्राट से ही बात करूंगा।" फिर उसने थोड़ा उदास होते हुए कहा, "आप निश्चिंत रहिए मैं आपकी निज़ामशाही पर आंच नहीं आने दूंगा।"

"आपसे ऐसी ही उम्मीद है।"

कॉरफील्ड ने समय से पहले ही अपने पद से अवकाश प्राप्त कर लिया था। उन्होंने भारतीय नरेशों की विचित्र मंडली से, जिसकी सेवा में उन्होंने अपना सारा जीवन बिता दिया था, विलय की नीति को मान लेने का अनुरोध करने के बजाय, जिससे वह स्वयं ही सहमत नहीं थे, भारत छोड़कर चले जाना ही उन्होंने बेहतर समझा, हालांकि निज़ाम सोच रहे थे कि वे उनके हित की बात करने के लिए ब्रिटेन जा रहे हैं।

इसके अगले दिन माउंटबेटन और देसी रियासतों के राजा अंतिम औपचारिक भोज के लिए जमा हुए। जो कुछ हो रहा था, उसे देखकर माउंटबेटन बहुत उदास थे। उन्होंने ब्रिटिश सम्राट के सबसे पुराने और सबसे वफादार मित्रों से अंतिम बार उनके नाम का जाम पीने का अनुरोध

किया, ''और अब अंतिम जाम आप सब लोगों के नाम!''

''अंतिम जाम क्यों? क्या आप हमारे महलों की शोभा अब कभी नहीं बढ़ाएंगे या हमें कभी अपने चरणों की धूल लगाने का सुवसर नहीं देंगे।'' निज़ाम ने पूछा।

''ऐसी बात नहीं है, लेकिन यह जाम तो सियासत की चौसर का अंतिम जाम है।''

''मैं कुछ समझा नहीं। सीधे शब्दों में कहें तो बेहतर रहेगा।''

''सीधे शब्दों में कहूं तो अब आप लोगों के दिन लदने वाले हैं।''

''दिन लदेंगे हमारे दुश्मनों के। नरेंद्र मंडल की बैठक में तय किया गया है कि ब्रिटिश शासन के समाप्त होते ही हम लोग पूर्णरूपेण स्वतंत्रता के साथ राज्य करेंगे और कांग्रेस से किसी भी प्रकार का समझौता नहीं किया जाएगा।''

''ऐसा आप लोग कर नहीं पाएंगे!''

''क्यों?''

''क्योंकि आप जल्दी ही एक क्रांति का सामना करने वाले हैं। थोड़े ही समय बाद आपकी सार्वभौम सत्ता आप से छिन जाएगी। ऐसा होना अनिवार्य है, इससे बचा नहीं जा सकता।'' फिर उन्होंने अनुरोध किया, ''15 अगस्त को जिस नए भारत का उदय होने वाला है, उसकी ओर से मुंह न मोड़िए। उस भारत के पास विदेशों में अपने प्रतिनिधित्व के लिए काफी संख्या में योग्य आदमी नहीं होंगे। उसे डॉक्टरों, वकीलों, योग्य प्रशासकों और सेना में अंग्रेज़ों की जगह लेने के लिए प्रशिक्षित अफ़सरों की जरूरत होगी।''

उनमें से कई राजे-महाराजे विदेशों में शिक्षा प्राप्त कर चुके थे, उन्हें अपनी रियासतों के शासन का काम-काज चलाने का अनुभव था, वे लड़ाई में अपने जौहर दिखा चुके थे, उनमें अनेक ऐसे कौशल थे, जिनकी भारत को जरूरत पड़ने वाली थी। उनके सामने दो रास्ते थे—वे फ्रांस के दक्षिणी समुद्रतट की ऐशगाहों में रंगरेलियां मना सकते थे, या फिर वे अपने राष्ट्र के लिए अपनी सेवाएं अर्पित कर सकते थे और भारतीय समाज में अपने

लिए और अपने वर्ग के लिए एक नई भूमिका तलाश सकते थे। माउंटबेटन को इसके बारे में तनिक भी संदेह नहीं था कि उन्हें कौन-सा रास्ता अपनाना चाहिए। उन्होंने बड़े विनीत भाव से कहा, "इस नए भारत को अपना लीजिए।"

राजा-महाराजा और नवाब और निज़ाम भले ही माउंटबेटन की बात से सहमत न हुए, लेकिन वे अच्छी तरह जान गए थे कि ब्रिटिश साम्राज्य ने हम राजाओं को एक थाली में नेहरू की कांग्रेस पार्टी या दूसरी में मुहम्मद अली जिन्ना की मुस्लिम लीग को परोस दिया। न तो गवर्नर, न ही उच्च ब्रिटिश सिविल सर्वेन्ट्स और न ही महाराजागण इस बात का विश्वास कर पा रहे थे कि ऐसा भी हो सकता है? एक ही स्ट्रोक से वायसराय ने अपने सारे संबंध, प्रतिबद्धता और करार जो पूर्व में हुए थे और जिससे वह सुरक्षित थे (ब्रिटिश) राज भी चलता जा रहा था, समाप्त कर दिए।

यह एक बहुत बड़ा विश्वासघात था, इतना बड़ा कि महाराजा लोग स्तंभित रह गए। क्या यही तरीक़ा था, जिससे इंग्लैंड ने महाराजाओं के दूसरे विश्व युद्ध में दी गई तमाम सहायता का शुक्रिया अदा किया। निज़ाम हैदराबाद ने मिलिटरी एयरक्राफ्ट (हवाई जहाज) के तीन स्क्वैड्रन की खरीद के लिए धन उपलब्ध कराया था। देशी राज्यों से हज़ारों वालंटीयर सिपाही भी भर्ती करके दिए थे और राजाओं ने 1800 लाख रुपए के युद्ध बांड या वार-बांड खरीदे थे और अब जिस 'राज' की उन्होंने इतने शक्तिशाली तरीके से सहायता की थी, उसी ने उनको इनके दुश्मनों गणतांत्रिक कांग्रेस पार्टी को सौंप दिया था या फिर मुस्लिम लीग को जो कि जल्द ही उनकी प्रभुसत्ता को छीनने को तैयार थे।

"क्या इसका कोई विकल्प है?" निज़ाम इसी विचार में पड़े थे।

"हां इसका विकल्प है," वह मन-ही-मन बड़बड़ाए, "मुझे अपने आपको स्वतंत्र घोषित कर देना चाहिए।"

"पर क्या मैं दो उभरते हुए राष्ट्रों—भारत या पाकिस्तान से मोर्चा ले पाऊंगा," निज़ाम ने फिर सोचा, "दोनों ही नए देश मेरे राज्य को हड़पना

चाहेंगे।'' फिर उन्होंने लंबी सांस ली, ''हां, माउंटबेटन सही हैं, पासा फेंका जा चुका है।''

अंततः निज़ाम ने माउंटबेटन की सलाह मानने से इंकार कर दिया। भारत के साथ समझौता कराने की हर कोशिश की उपेक्षा करते हुए हैदराबाद के निज़ाम ने ब्रिटेन को इस बात पर मजबूर करने की नाकाम कोशिश की कि वह उनकी रियासत को एक स्वतंत्र राज्य मान ले। भव्य महल में बैठकर यह कंजूस राजा 'अपने सबसे पुराने दोस्त की बेवफाई' और ब्रिटेन के सम्राट के साथ 'लंबी वफादारी के बंधनों' के टूट जाने का दुखड़ा रोते रहे और किसी भी राज्य में शामिल होने से इंकार करते रहे।

❧

अखंड भारत की एकता में सबसे बड़ा रोड़ा बने निज़ाम हैदराबाद माउंटबेटन, वी.वी. मेनन और पटेल के सारे प्रलोभनों और सुविधाओं का शिकार होने से बचते रहे। निज़ाम ने नया नरेंद्र मंडल स्थापित कर कुछ लोभी राजाओं का एक संगठन बनाने की चाल चली, ताकि वे अपना निरंकुश शासन कायम रख सकें और उन्होंने एक गुप्त बैठक आयोजित की और बैठक में उन्होंने राजाओं से खुले शब्दों में कहा, ''देसी रियासतों के राजाओं को अपनी मौत के परवाने पर दस्तखत करने का निमंत्रण दिया जा रहा है।''

''हां... हो तो ऐसा ही रहा है।'' जूनागढ़ के शासक ने कहा।

बैठक में बहुत कुछ बोला गया, जिसका प्रभाव हिंदू राजाओं पर भी पड़े बिना न रह सका।

निज़ाम से प्रभावित होकर उदयपुर के महाराणा ने भी अपनी रियासत से मिली हुई कई रियासतों के राजाओं के साथ मिलकर एक संघ बना लेने की कोशिश की। ग्वालियर के महाराजा ने भी, जिनके पिता को बिजली की रेलों का शौक था, इसी तरह की कोशिश की। अपने

प्रधानमंत्री के कहने पर त्रावणकोर के महाराजा ने, जिनकी रियासत में बंदरगाह भी था और यूरेनियम के बहुत समृद्ध भंडार भी, स्वतंत्रता की मांग उठाई। निज़ाम के समर्थक उड़ीसा की एक रियासत के महाराजा को बहुत बड़ी भीड़ ने उनके महल में घेर लिया और तब तक वहां से निकलने नहीं दिया जब तक कि उन्होंने दस्तखत नहीं कर दिए। कांग्रेस की एक प्रदर्शनकर्त्ता ने त्रावणकोर के शक्तिशाली प्रधानमंत्री के चेहरे पर छुरे से वार किया, जिससे भयभीत होकर महाराजा ने दिल्ली तार भेजकर विलय की स्वीकृति दे दी।

निज़ाम के गठबंधन से प्रभावित जोधपुर के महाराजा ने अपने पड़ोसी महाराजा जैसलमेर के साथ मिलकर दिल्ली में जिन्ना से मिलने का बंदोबस्त किया, और पूछा, ''अगर हम अपनी प्रधानतः हिंदू रियासतों को लेकर आपके राज्य में आ मिलें, तो आप किस प्रकार के स्वागत की आशा कर सकते हैं?''

जिन्ना ने अपनी मेज की दराज में से फौरन एक सादा काग़ज़ निकाला और जोधपुर के महाराजा की ओर आगे बढ़ा दिया।

जिन्ना ने उनसे कहा, ''आप अपनी शर्तें इस पर लिख दीजिए, मैं उस पर दस्तखत कर दूंगा।''

दोनों ने अपने होटल में जाकर विचार करने के लिए कुछ मोहलत मांगी। वहां पहुंचे तो देखते क्या हैं कि वी.पी. मेनन उनकी राह देख रहे थे। न जाने किस रहस्यमय सूत्र से मेनन को पता चल गया था कि ये लोग ऐसी चाल चल रहे हैं, जिससे आगे चलकर पाकिस्तान में मिल जाने का फैसला कर सकें। उन्होंने महाराजा जोधपुर से कहा, ''वायसराय साहब आपसे फौरन वायसराय-भवन में मिलना चाहते हैं।''

महाराजा को एक कमरे में बिठाकर मेनन चारों ओर भाग-भागकर माउंटबेटन को तलाशने लगे। आख़िरकार वायसराय उन्हें मिल गए, लेकिन उन्हें कुछ भी पता नहीं था कि मेनन ने क्या किया है। मेनन ने उनसे प्रार्थना की, ''फौरन नीचे आकर रूठे हुए महाराजा जोधपुर को मनाने की कोशिश करें।''

“पर क्यों?”

“वे जिन्ना से हाथ मिलाना चाहते हैं।”

“क्या...?” कहकर वे उनके साथ चल पड़े। रूठे हुए महाराजा के पिता, जिनका आजादी से कुछ दिन पहले ही देहांत हुआ था, 26 साल तक माउंटबेटन के दोस्त रह चुके थे। माउंटबेटन ने नौजवान महाराजा से कहा, “अगर आज वह जिंदा होते तो उनकी इस हरकत से उन्हें बेहद तकलीफ होती।”

“पर मैंने ऐसा क्या किया है?”

“क्या किया है, बहुत भोले बनते हो,” उन्होंने उनसे कहा, “केवल अपने स्वार्थ के लिए अपनी हिंदू रियासत की प्रजा को पाकिस्तान में ले जाने की कोशिश करना सरासर मूर्खता होगी।”

“पर मेरे निजी शौक...।”

“मैं वादा करता हूं कि मैं और मेनन मिलकर पटेल को यह समझाने की पूरी कोशिश करेंगे कि आपके निजी शौक के बारे में जहां तक हो सके नरमी बरतें।”

कुछ वाद-विवाद के बाद उन्हें हस्ताक्षर करने पड़े। परंतु उस्मान जैसे अड़ियल निज़ाम की टालमटोल के बावजूद यह निश्चित हो गया था कि 15 अगस्त तक लगभग सभी देशी राज्य भारतीय संघ में मिल जाएंगे।

❦

वल्लभभाई पटेल ने आज़ादी के पहले ही एक वक्तव्य जारी किया, “हमें अपनी संस्कृति पर गौरवपूर्ण अनुभूति है और यह दुःखद बात है कि हममें से बहुत से लोग अलग-अलग राज्यों में रहते हैं। हमें यह सुनिश्चित कर लेना चाहिए कि कोई भी बाहरी ताक़त हमें टुकड़ों में नहीं बांट सकती है। हम सभी का भला इसी में है कि हम सब एक साथ रहें एवं पूरे देश में लागू करने के लिए एक ही क़ानून बनाएं। इसलिए मैं हर राज्य के शासक और प्रजा से भारत के संविधान का अंग बनने की

प्रार्थना करता हूं।" उसके बाद उन्होंने देश के राजा-महाराजाओं का एक सम्मेलन बुलाया, उसमें बड़ी-बड़ी रियासतों के शासकों के अलावा छोटे-छोटे राजाओं ने भी भाग लिया, लेकिन इस सम्मेलन से निज़ाम दूर रहे। पटेल ने सम्मेलन को संबोधित करते हुए इस बात के संकेत भी दिए, 'जो राज्य 15 अगस्त के पहले तक भारतीय संघ में सम्मिलित नहीं होंगे, उन पर कड़ी कार्रवाई की जाएगी।' वल्लभभाई के इन शब्दों का कई राज्यों के शासकों पर बहुत अच्छा प्रभाव पड़ा।

कुछ राजाओं ने भारत में विलय का तत्काल ही निर्णय मन-ही-मन ले लिया था। विलय के संलेख पर सबसे पहले दस्तखत करने वाले बीकानेर के देशभक्त महाराजा गंगासिंह थे, पर कई रियासतों के प्रमुखों ने 'इंस्ट्रूमेंट ऑफ सक्सेशन' पर हस्ताक्षर करने से साफ इंकार कर दिया।

❧

वल्लभभाई पटेल ने भारत की आज़ादी के लिए स्वतंत्रता संग्राम में कभी न भूलने वाला योगदान दिया, यह एक सर्वमान्य तथ्य है, लेकिन यदि एक पल को आज़ादी से पहले उनके द्वारा राष्ट्र हित में किए कामों को भुला भी दिया जाए, तब भी जो उन्होंने आज़ादी के बाद एक अखंड भारत की मज़बूत नींव डालने में सहयोग किया था, वह इस लौहपुरुष की भारत के निर्माण में अद्‌भुत भागीदारी को दिखाता है।

आज़ादी मिलने पर भी देश में छोटी-बड़ी लगभग 562 रियासतें थीं, इसलिए आज़ादी अभी भी पूरी नहीं थी। उन्हें एक सूत्र में पिरोकर अखंड भारत का निर्माण करना कोई आसान काम नहीं था, लेकिन वल्लभभाई ने अपनी युक्ति एवं दूरदर्शी दृष्टिकोण, जल्दी एवं साहसिक फ़ैसले लेने की क्षमता के चलते आजादी से पूर्व ही अधिकांश रियासतों को भारत में मिला लिया। इसमें संदेह नहीं है कि पटेल जी जैसे नेता के संकल्प एवं साहस के बिना विभिन्न राज्यों का एकीकरण इतनी सरलता से नहीं हो पाता। गांधी जी ने उनके बारे में कहा भी था, "यह समस्या इतनी पेचीदी

है कि उनके अलावा इसे कोई दूसरा नहीं सुलझा सकता था।" भारत में फैले उस समय छोटे-छोटे राज्य महाराजाओं, नबावों या फिर निज़ामों द्वारा शासित थे। ब्रिटिश राज के दौरान उन्हें तंग नहीं किया जाता था, पर अंग्रेज़ उनके क्रिया-कलापों पर निगाह रखने के लिए अपना एक अधिकारी हर एक राज्य में भेज देते थे। हैदराबाद एवं कश्मीर तो उन राज्यों में से थे, जो इंग्लैंड जितने ही बड़े थे।

भारत में सम्मिलित होने वाले सबसे पहले राज्यों में बीकानेर, ग्वालियर और बड़ौदा थे। अगस्त के पहले सप्ताह में शामिल करने वाले दस्तावेज़ पर हस्ताक्षर करने वाले महाराजाओं एवं नबावों की भीड़ ही लग गई थी। इस प्रकार वल्लभभाई ने राजकोट, उड़ीसा, छत्तीसगढ़, सौराष्ट्र संघ के राज्य, मालवा का राज्यसंघ, पंजाब राज्यसंघ, फरीदकोट, विन्ध्य प्रदेश, राजस्थान संघ, ट्रावनकोर, कोचीन, रायपुर, भोपाल आदि को भारत के अधीन कर लिया। लेकिन जूनागढ़ के नवाब, बिना किसी तर्क के पाकिस्तान के साथ जाना चाहते थे। इस तथ्य के बावजूद कि उनका राज्य भारतीय सीमा के काफी अंदर था। जब वहां की हिंदू-बाहुल्य जनता ने भारत के पक्ष में अपना फैसला लिया, तो नवाब अपनी तीन बीबियों, कुत्तों और रत्न-आभूषणों के साथ पाकिस्तान को पलायन कर गए। उसे भारतीय फौज के आक्रमण का भी भय था।

कश्मीर के महाराजा हरिसिंह, बिल्कुल इसके विपरीत थे। वह हिंदू थे, पर अधिकतर जनता वहां मुसलमान थी। महाराजा अपना मन नहीं बना पा रहे थे कि पाकिस्तान के साथ जाएं या भारत में रहें। वह वास्तव में स्वतंत्र रहना चाहते थे और उनके पास पर्याप्त सेना थी, पर इस बीच में पाकिस्तान से कबीलाईयों ने उन पर आक्रमण कर दिया (लूट-पाट, घर जलाने और वहां की जनता को आतंकित करने लगे), जिसे ख़देड़ने के लिए हरिसिंह ने भारतीय फौज की मदद मांगी और साथ ही भारत में रहने का फैसला किया। नई दिल्ली ने जितने लड़ाकू-जहाज और सेना की इकाइयां थीं, उन्हें द्रुतगति से श्रीनगर रवाना कर दिया। धरती की जन्नत कही जाने वाली कश्मीर में अब शांति भंग हो गई थी और वह

भारत-पाकिस्तान के बीच युद्ध-भूमि बन गई थी। महाराजा हरिसिंह अपने को इस लड़ाई से दूर रखने के लिए श्रीनगर का अपना महल छोड़कर हमेशा के लिए जम्मू चले गए जो कश्मीर की शीतकालीन राजधानी थी। अजीब बात थी कि उन्होंने बेटे कर्ण सिंह को काश्मीर का रीजेंट बना दिया था। नेहरू जी राजाओं के विरोधी थे और भारत की आजादी दिलाने में उनकी अहम भूमिका थी।

तीसरा प्रशासक जो भारत में शामिल नहीं होना चाहता था। वह था हैदराबाद का निज़ाम अर्थात भाग्यनगर का क़ैदी। अब वह एक वृद्ध व्यक्ति थे। वजन केवल चालीस किलोग्राम और डेढ़ मीटर का कद। वह अभी भी सबसे ज्यादा सनकी राजा था। पिछले सालों में उनके धन-दौलत में जितनी भी वृद्धि हुई थी, उनकी कंजूसी भी उसी अनुपात में बढ़ती गई थी और वह इस हद तक बढ़ गई थी कि उनके मेहमान जो अधजली सिगरेट ऐश-ट्रे में छोड़ जाते थे, उसे भी इकट्ठा कर लेते थे। बंबई से जो डॉक्टर उनका इलेक्ट्रोकार्डियोग्राम लेने आया था, वह उनका ई.सी. जी. नहीं ले सका, क्योंकि उन्होंने हैदराबाद पॉवर स्टेशन को वोल्टेज कम करने का आदेश दिया था। उनके पास भी हरिसिंह (कश्मीर) की तरह अपनी विशाल फौज थी और लड़ाकू हवाई जहाज भी थे। 14 अगस्त को उनको एक आला अफ़सर जब यह बताने आया कि अंग्रेज भारत छोड़कर जा रहे हैं, तो वह खुशी के मारे कूद पड़े और बोले, "अब मैं आजाद हो गया हूं।" फिर उसकी आंखों में खुशी के आंसू आ गए।

"प्रधानमंत्री को हाजिर करो।" उसने संदेशवाहक को आज्ञा दी और फिर बड़बड़ाए, "मैं आजाद हूं, मेरा मुल्क आजाद है। मेरी औलादें अब निश्चिंत होकर हैदराबाद पर राज्य करती रहेंगी।"

"आमीन।" पास खड़े अंगरक्षकों ने कहा।

हैदराबाद रियासत के निज़ाम उस्मान अली ने बिना कुछ सोचे-समझे अपने को स्वतंत्र देश घोषित कर दिया। इसका परिणाम यह हुआ कि हैदराबाद की देशभक्त जनता एक नया स्वतंत्रता आंदोलन चलाने के मूड़ में आ गई।

꧁

महल-दुमहलों की तो बात ही अलग, चारमीनार, मक्का मस्जिद, उस्मानिया हॉस्पिटल सब पर रौशनी की विशेष व्यवस्था की गई थी। अर्धरात्रि में सारा हैदराबाद सजावट के कारण स्वर्ग जैसी सुंदरी नगरी प्रतीत हो रहा था। लेकिन निज़ाम इतना करने के बाद भी प्रसन्न नहीं था। उसका मन बड़ा ही बेचैन था और वह इसलिए कि उसे पटेल की राष्ट्रीय एकता की नीति हजम नहीं हो पा रही थी। अपने महल में वह बेचैनी के साथ इधर-उधर टहल रहा था। उसकी आंखों से आज नींद मीलों दूर थी।

"क़ासिम रिज़वी, अंग्रेजों ने जाने के लिए अपना बोरिया बिस्तरा समेट लिया है और कल सुबह से भारत और पाकिस्तान नामक दो राष्ट्रों का उदय...।"

"हिज हाइनेस मैं जानता हूं।"

"अंग्रेज चाहते हैं कि यदि हम अपना अस्तित्व बनाए रखना चाहते हैं, तो हमें इन दोनों देशों में से किसी एक के साथ मिलकर रहना होगा।"

"हां, यह तो पहले से ही निश्चित हो चुका है।"

"तो कुछ करते क्यों नहीं, हम किसी के साथ भी नहीं मिलेंगे और स्वतंत्र ही रहेंगे।"

"श्रीमान यह तो आपका जन्म सिद्ध अधिकार है।"

"आप जानते हैं हमारे पास कितनी धन दौलत है।"

"मैं जानता हूं हिज हाइनेस, आप इस समय दुनिया के सबसे अमीर आदमी हैं।"

"शायद आप नहीं जानते कि मेरे पास इतने जवाहरात हैं कि सैकड़ों बक्सों में बन्द करके रखे जाते हैं और सोने चांदी की ईंटें बड़े-बड़े तहखानों में रखी रहती हैं। इन सबको यदि लंदन की सड़कों पर बिछा दिया जाए तो वे कम पड़ जाएंगी।"

''मगर इतने धन का आप...।''

''बेवकूफ क्या मेरे कोई आगे-पीछे नहीं है।''

''रहम शहंशाह। आपके तो अट्ठासी लड़के और लड़कियां हैं।''

''आपने सही गिनती की।'' फिर निज़ाम ने मन-ही-मन में कहा, ''इसीलिए तो हमने हर एक लड़के और लड़की के नाम एक-एक बक्स कर दिया, हमारी बुद्धि का कमाल तो देखो कि हमने शर्त यह रखी है कि मेरे मरने के बाद ही यह बंटवारा अमल में लाया जाएगा। इस तरह किसी को पता न चल सकेगा कि उन बक्सों में क्या है, सिवाय मेरे जिसने अपनी निजी कापी में सब कुछ लिख लिया है।'' फिर उन्होंने प्रत्यक्ष कहा, ''क्या तुम्हें मेरे जवाहरात की कीमत का अंदाजा है?''

''हिज हाइनेस आपके निजी जवाहरात की क़ीमत पचास करोड़ आंकी गई है।''

''बेवकूफ, आपने ठीक आंका, इस सबकी लिस्ट मेरे पास है। मैं हमेशा अपने जवाहरात और ज़ेवरात की पूरी फ़ेहरिस्त सोते-जागते, हर वक़्त अपने पास रखता हूं। मुझे ठीक-ठीक पता रहता है कि कितना रुपया मेरे पास है, किस बक्स में कौन-से जवाहरात हैं और ज़ेवरात में से कौन-सी चीज़ कहां रखी मिलेगी। जिस जगह जो सामान रखा जाता है, वहीं वह रखा रहता और मेरी मंजूरी के बग़ैर उसकी जगह बदली नहीं जा सकती। पर इतने धन की हिफाजत भी आसान नहीं। किस पर भरोसा करें, किसी पर भी तो नहीं, तभी तो ख़ज़ाने की ख़ास चाभियां बड़ी हिफ़ाज़त से अपने पास रखता हूं।''

''क्षमा करें हिज हाइनेस, एक बात कहना चाहता हूं।''

''कहो क्या कहना चाहते हो?''

''सुना है दिल्ली में स्वतंत्र भारत की नई सरकार शक्ति संपन्न होते ही हैदराबाद को अपने में मिलाने के लिए बल प्रयोग कर सकती है।''

''ऐसा कभी नहीं होगा?''

''परंतु क्रांतियां होते देर नहीं लगती?''

''बात तो आपकी भी ठीक है, इसलिए क्या किया जाए।''

"भविष्य के लिए कुछ सुरक्षा प्रबंध।"

"क्या आपके मस्तिष्क में कोई योजना है।"

"जी, योजना तो है।"

"जल्दी बोलो।"

"आपको सारा धन लंदन के नेशनल वेस्टमिनिस्टर बैंक में जमा करवा देना चाहिए और अपनी हैदराबाद रियासत की स्वतंत्रता कायम रखने के लिए मामले को संयुक्त राष्ट्र में ले जाना चाहिए।"

"आपने इतनी अच्छी सलाह पहले क्यों नहीं दी," उनकी आंखों में अद्भुत चमक और चेहरे पर नूर छा गया, "वित्त मंत्री मोइन नवाज़ जंग के नेतृत्व में पांच सदस्यीय प्रतिनिधिमंडल बनाने की मेरी ओर से मौखिक राजाज्ञा है। ताकि वे संयुक्त राष्ट्र में हैदराबाद रियासत की स्वतंत्रता कायम रहने की वकालत कर सकें और आपातकाल के लिए 1007940 पाउंड 9 शिलिंग की भारी भरकम धनराशि नेशनल वेस्टमिनिस्टर बैंक में जमा करवा दें, ताकि हमारे वफादारों के लिए एक लाख .303 की राइफलें खरीदी जा सकें।"

"मगर इतनी रायफलें किसलिए?"

"बेवकूफ, रियासत के विलय का विरोध करने में भारतीय सेना से मुकाबला करने के लिए राइफलों के स्थान पर क्या लाठियां खरीदने के लिए धन बैंक में जमा करवाऊं?"

"आपने दुरुस्त फरमाया शहंशाह।"

❧

पंद्रह अगस्त, 1947 भारत के इतिहास का वह सुनहरा दिन बना, जबकि भारत-पाकिस्तान के बंटवारे की स्वीकृति के साथ-साथ हमने अपनी आज़ादी पाई। नए भारत के अस्तित्व में आने के लिए सारा देश लेजिस्लेटिव असेंबली में मध्य रात्रि को नेहरू का भाषण सुनने को बेताब था। नेहरू ने कहा, "मध्यरात्रि के बाद हिंदुस्तान एक नवजीवन और

आजादी के साथ जागेगा। एक ऐसा क्षण, बहुत ही दुर्लभता से इतिहास में किसी को मिलता है, एक ऐसा पल जब भारत के लोग भूतकाल से निकलकर एक नए भविष्य की ओर जाएंगे। जब एक युग समाप्त होता है और राष्ट्र की आत्मा जो अतीत तक घुटी हुई थी, एक बार फिर से अभिव्यक्ति पाएगी, उज्ज्वल भविष्य की ओर जा रही है।"

उसी दिन पं. जवाहरलाल नेहरू भारत के पहले प्रधानमंत्री बने। यद्यपि कांग्रेस कार्यसमिति के ज्यादा-से-ज्यादा सदस्य वल्लभभाई को प्रधानमंत्री बनाना चाहते थे, पर महात्मा गांधी की इच्छा यह थी कि नेहरू जी को प्रधानमंत्री बनाया जाए। वल्लभभाई ने अपने निजी हित को राष्ट्र के लिए समर्पित कर दिया, बल्कि लौह पुरुष ने तो जीवन-भर यही किया था।

❧

दक्खिन भारत की हैदराबाद रियासत का निज़ाम मुस्लिम था, जबकि वहां की जनता हिंदू थी। जनता भारत में शामिल होना चाहती थी, लेकिन निज़ाम बहुत ही हठी एवं दुराग्रही था। उसे अपने धन-बल पर बहुत भरोसा था। यहां तक कि वह भारत विरोधी कामों में भी लगा रहता था। कुछ रजवाड़े भी उसको भारत के खिलाफ़ उकसा रहे थे कि वह भारत में किसी भी प्रकार न मिले। भारत की आजादी की भनक लगते ही निज़ाम के राज्य में हिंदुओं एवं ईसाइयों पर अत्याचार होने शुरू हो गए, इसलिए अंततः वल्लभभाई ने निज़ाम पर सैन्य दबाव डालने की योजना बनाई।

बंटवारे के समय हुए समझौते के अनुसार भारत को पाकिस्तान को 55 करोड़ रुपए चुकाने थे। मगर वल्लभभाई अपने इरादों के पक्के थे। उनके अनुसार पैसे तभी चुकाने चाहिए थे, जब कि पाकिस्तान की फ़ौजें कश्मीर से पीछे हट जाए। उनका यह तर्क था कि इस समय पाकिस्तान को दिए गए पैसे भारत के ख़िलाफ़ जंग में ही इस्तेमाल किए जाएंगे। डॉ. भीमराव अंबेडकर, डॉ. श्यामाप्रसाद मुखर्जी व अन्य लोगों ने भी

उनका समर्थन किया, लेकिन कैबिनेट के लोगों ने गांधी जी के दबाव में आकर पाकिस्तान को पैसे दे दिए। इसके जवाब में पटेल जी ने कड़ा विरोध जताया था। पाकिस्तान को इतनी बड़ी धनराशि देने से आहत नाथुराम गोड़से[25] नामक एक युवा ने 30 जनवरी, 1948 को गांधी जी को गोली मारकर उनकी हत्या कर दी। वल्लभभाई को इस अचानक घटना से गहरा सदमा पहुंचा, पर फिर भी वह लगातार देश की सेवा में लगे रहे। उन्होंने गांधी जी के नाम पर गांधी स्मारक निधि की स्थापना में खूब मेहनत की। उनकी लगन, मेहनत एवं निःस्वार्थ देश की सेवा देखकर देश की कई शिक्षण संस्थाओं ने उन्हें सम्मानित किया। मानद उपाधियां दीं। जब कभी जवाहरलाल नेहरू कुछ दिनों के लिए देश से बाहर चले जाते थे, तब वल्लभभाई कार्यकारी प्रधानमंत्री का पद भी संभालते थे। उन्होंने कई महत्त्वपूर्ण फैसले लिए। गांधी जी ने एक बार कहा भी था, ''जिस प्रकार दो बैल एक साथ काम करते हैं, ठीक उसी प्रकार नेहरू एवं सरदार को भी एक-दूसरे की बराबर ज़रूरत पड़ेगी, दोनों मिलकर राष्ट्र की गाड़ी को आगे बढ़ाएंगे।''

हैदराबाद के निज़ाम ने भले ही स्वतंत्रता की घोषणा कर दी थी। बिना इस बात पर विचार करे कि उनकी सत्ता-शक्ति अंग्रेजों की वैशाखी पर निर्भर थी और अब अंग्रेज छोड़कर गए तो, वह सपोर्ट-सिस्टम या नेटवर्क भी बिखर गए। हालांकि कानूनीतौर पर और संवैधानिक तौर पर उनको यह अधिकार था, पर व्यावहारिक तौर पर यह पागलपन था, क्योंकि उनके पास सबसे बड़ा हथियार यानी जनता का समर्थन नहीं था। उनका असलियत से नाता टूट गया था।

ᘛᘚ

दक्खिन भारत की विशाल रियासत हैदराबाद के निज़ाम अपने महल के जगमगाते हुए दीवान-ए-ख़ास में बकरा ईद के अवसर पर एकत्रित अपनी रियासत के सभी प्रतिष्ठित लोगों से वफादारी का वचन ले रहे थे।

सभी प्रतिष्ठित लोगों ने एक-एक करके उनके तख्त के पास आकर रेशमी रूमाल में लिपटी हुई एक अशरफी का नज़राना निज़ाम के हाथों में रखकर अपनी वफादारी का सबूत दिया।

सनकी और चिड़चिड़े स्वभाव के निज़ाम बहुत भाग्यशाली आदमी थे। वह रजवाड़ों की फिजूलखर्च बिरादरी के बचे हुए उन तीन राजाओं में से थे, जो अभी तक अपनी गद्दी पर बैठे हुए थे। बाकी दो में से एक तो थे नवाब जूनागढ़, जिनकी रियासत में इंसान बनकर पैदा होने से कहीं अच्छा कुत्ते की योनि में पैदा होना था; और दूसरे थे स्वर्गनगरी कश्मीर के महाराजा हरिसिंह। भूगोल और तर्क की हर दलील के विरूद्ध नवाब जूनागढ़ ने चारों ओर से भारतीय क्षेत्र से घिरी हुई अपनी छोटी-सी रियासत को पाकिस्तान में ले जाने की कोशिश की। उनके दिन लद चुके थे। जन-विद्रोह ने नवाब साहब को सिर्फ इतना अवसर दिया कि वह हवाई जहाज में अपनी बीवियों और अपने सबसे चहेते पालतू कुत्तों को भरकर पाकिस्तान भाग जाएं।

हरिसिंह भी बहुत अरसे तक एड़ी-चोटी का जोर लगाकर ब्रिटेन से अपनी स्वतंत्रता को स्वीकार करा लेने की कोशिश करते रहे; लेकिन पाकिस्तान के आक्रमण के कारण उन्होंने स्वयं ही भारत की शरण में आना अपने हित में सोचा और निज़ाम तो संयुक्त राष्ट्र महासंघ में भी अपील करने की पहल कर चुके थे।

ईद के अवसर पर उनके सेनापति जनरल एल्ड्रोस ने जब उनके हाथों पर एक की बजाय दो अशरफी रखी तो निज़ाम हैदराबाद की आंखें चमक उठी, "आपसे यही उम्मीद थी, आप हमारे और हैदराबाद रियासत के सबसे वफादार आदमी हैं, इसीलिए आपने एक के स्थान पर दो अशरफी दी हैं।"

"मेरा यह अभिप्राय नहीं है हिज हाइनेस।"

"तो क्या मतलब है आपका!"

"दो अशरफी में से आप कोई सी भी एक चुन लें।"

"मतलब!"

“मतलब साफ है। समय की मांग है कि या तो आप भारत सरकार से समझौता करें या फिर पाकिस्तान से।”

“नालायक! यदि तुम हमारे सेनापति न होते, तो अभी तुम्हारा धड़ सर से अलग करवा दिया जाता, अब तो ब्रिटिश कोर्ट भी हमारे फैसलों में दखल देने वाली नहीं।”

“मूर्खता माफ करें हिज हाइनेस।”

“मूर्खता तो तभी माफ की जा सकती है, जब तुम हैदराबाद रियासत के तमाम हिंदुओं को सेना के भय से मुसलमान बना दोगे।”

“आपके आदेश का अक्षरशः पालन होगा हिज हाइनेस।”

“मुझे तुमसे यही उम्मीद है।”

ᘛ※ᘚ

जनता हैदराबाद में निज़ाम का शासन नहीं चाहती थी, लेकिन निज़ाम ताकत के बल पर शासक बने रहना चाहते थे। इसलिए जनता पर अत्याचार ढाए जाने लगे। रजाकार फील्ड मार्शल कासिम रिजवी के इशारे पर देशभक्तों को तेलंगाना के भयंकर जंगलों में बनाई गई जेलों में ठूंसकर भयंकर यातनाएं दी जाने लगी। लेकिन जनता की आवाज भला जुल्मों से कब दबाई जा सकती है। निज़ाम सरकार जनता पर जितने अधिक अत्याचार ढाहती, जन आंदोलन उतना ही तीव्र होता। हैदराबाद रियासत ने स्वतंत्रता की घोषणा के साथ-साथ सभी प्रमुख राष्ट्रवादी संस्थाओं पर भी प्रतिबंध लगा दिया था। प्रतिबंधित की गई संस्थाओं में आर्य समाज भी प्रमुख संस्था थी। आर्य समाज यहां से महात्मा आनंद स्वामी के संपादन में हिन्दी मिलाप साप्ताहिक निकालता था, जिसमें निज़ाम के अत्याचारों का खुलासा किया जाता था। निज़ाम ने इस पत्र पर भी प्रतिबंध लगा दिया, तो यह निज़ाम की रियासत से कहीं बाहर प्रकाशित होने लगा। इस प्रतिबंधित अख़बार में एक लेख में निज़ाम की तीव्र आलोचना की गई थी और उसके अमानवीय अत्याचारों को सप्रमाण छापा

गया था। उस लेख के लेखक थे एक उत्साही आर्य समाजी रामचंद्रराव। यह लेख पढ़कर निज़ाम आग बबूला हो गए और रामचंद्रराव को तुरंत जिंदा या मुर्दा पकड़ने के आदेश जारी कर दिए गए। राज्यभर में जासूसों का जाल फैल गया और अंततः मुखबिर की निशानदेही पर रामचंद्रराव को गिरफ्तार कर लिया। उसे निज़ाम की अदालत में पेश किया गया और उस पर राजद्रोह का आरोप लगाया गया। जज ने उसे तुरंत सौ कोड़े लगाने की सजा दी।

हथकड़ियों से बंधे हुए रामचंद्रराव को चौराहे पर लाया गया और उसको जैसे ही जल्लाद ने पहला कोड़ा मारा, तो रामचंद्र के मुख से निकला, "वंदेमातरम्।"

उसके कोमल से बदन पर फिर दूसरा कोड़ा पड़ा तो उसके हृदय से फिर वंदेमातरम् के उद्‌गार ही व्यक्त हुए। कोड़े की मार जितनी भयंकर होती थी, रामचंद्र के मुख से वंदेमातरम् का उद्‌घोष उतना ही तीव्र होता था। कोड़े बरसते गए, रामचंद्रराव का शरीर लहूलुहान हो गया, लेकिन उसके मुख से वंदेमातम् का जयघोष रुका नहीं।

सौ कोड़े लगाने के बाद उसे सड़क पर सिसकने के लिए छोड़ दिया गया। लेकिन जैसे ही निज़ाम के गुर्गे उस मृतःप्राय रामचंद्रराव को मरने के लिए छोड़ गए तो वैसे लोगों ने उसे कंधों पर उठा लिया और फिर देखते ही देखते लोगों का समूह एक स्वतंत्रता ज्योति यात्रा में बदल गया। युवा हृदय सम्राट नरेंद्र ने इस स्वतंत्रता ज्योति यात्रा का नेतृत्व किया और लोगों ने रामचंद्रराव के शरीर से रिसते रक्त को मस्तक पर लगाकर अपने को धन्य किया। सारा हैदराबाद वंदेमातरम् के गगनभेदी नारों से गूंज उठा, लेकिन यह उन नारों में गूंजने वाला वंदेमातरम् का स्वर बंकिम बाबू के आनंदमठ के गीत का शब्द नहीं था, बल्कि यह तो रामचंद्रराव का नया नाम था अर्थात् रामचंद्रराव अब वंदेमातरम् के नाम से लोकप्रिय हो गए थे। समाचार पत्रों में इस समाचार के प्रकाशित होते ही देशभर की आर्य समाजों से सत्याग्रहियों के जत्थे के जत्थे जाने लगे और इस प्रकार निज़ाम और रज़ाकार के अत्याचारों से मुक्ति के लिए हैदराबाद की

स्वतंत्रता की पृष्ठभूमि तैयार हुई।

*

एक तरफ जहां हैदराबाद की मुक्ति की पृष्ठभूमि तैयार हो रही थी, दूसरी तरफ वहीं सेना और रज़ाकार के गुंडों ने हैदराबाद की बहुसंख्यक हिंदू जनता को भयभीत और प्रताड़ित कर मुसलमान बनाना शुरू कर दिया था। लेकिन अधिकांश लोग जान देने को तैयार थे, पर धर्म नहीं, इसलिए उन्हें अत्याचार तो झेलने ही थे।

पालमूर जिसका नाम बदलकर महबूबनगर रख दिया गया था, उस जिले में निर्दयता की जितनी घटनाओं का अभिशाप था, उन सबको बड़े पैमाने पर बलात्कार की घटनाओं ने और भी घिनौना बना दिया था। हिंदू घरों से सैकड़ों लड़कियां और औरतें उठा ली गईं। आधुनिक युग में इससे बड़े पैमाने पर औरतों का अपहरण पंजाब को छोड़कर और कहीं नहीं हुआ था। हिंदू औरत को उड़ा लाने के बाद एक धार्मिक समारोह में जबर्दस्ती धर्म बदलकर इस लायक बना दिया जाता था कि वह, जिस मुसलमान ने उसे पकड़ा था उसके घर या हरम में रह सके।

वाणीश्री नवाबपेट के एक हिंदू जमींदार की 16 साल की बेटी थी। उसका अपहरण करके उसे गांव के मुखिया के घर ले जाया गया। पहले तो उसके साथ कई लोगों ने दुष्कर्म किया और फिर किसी आदमी ने अचानक गो-मांस का एक टुकड़ा लाकर जबर्दस्ती उसे खिलाया। उसने अपने जीवन में कभी गोश्त नहीं खाया था। सब लोग हंसने लगे। वह रो पड़ी। इतने में एक मुल्ला ने आकर कुरान की कुछ आयतें पढ़ीं और उसे उनको दोहराने पर मजबूर किया।

इसके बाद उसका एक नया नाम रख दिया गया। वाणी जरीना बानो बन गई। उसे मरकल गांव के मर्दों के बीच नीलामी पर चढ़ा दिया गया। नीलामी एक बेस्ता अर्थात मल्लाह मुस्लिम अब्दुल के नाम छूटी।

शादनगर में भी भारी संख्या में धर्म परिवर्तन किया गया और मुस्लिम घरों में एक-एक मर्द के पीछे कम से कम चार औरतें हो गई। इसका

परिणाम यह हुआ कि मर्द दिनभर घर में ठाली रहते या फिर दंगों में भाग लेते और महिलाएं रोजी-रोटी का जुगाड़ करती। उम्दानगर जिसका नाम बदलकर शमसाबाद रख दिया गया था, वह नगर भी धर्म परिवर्तन और अत्याचार की आंधी की चपेट में आने से न बच सका। मलकपेट, जिसमें मलिक गौत्र के जाटों की बहुत बड़ी संख्या निवास करती थी, उन सबको या तो मार दिया गया या फिर जो बचे उन्हें जबर्दस्ती मुसलमान बना दिया गया।

कुछ लोगों ने हैदराबाद छोड़कर वहां से महाराष्ट्र व अन्य राज्यों में पलायन करना भी शुरू कर दिया था।

कितने ही लोग जिनके घर उजाड़ दिए गए थे, संपत्ति लूट ली गई थी, उन्हें मूसी नदी के किनारे झुग्गी-झोंपड़ियां बनाकर रहने को मजबूर होना पड़ा। मूसी नदी के किनारे अपने ही घरों से बेघर हुए लोगों की संख्या हजारों में थी। इन लोगों को अभी एक अंतिम कष्ट झेलना बाकी था। अचानक मानसून आ गया। अगस्त और सितंबर की झुलसा देने वाली गर्मी से राहत पाने के लिए लाखों लोग आकाश की ओर आस लगाए ताक रहे थे और अंत में आकाश ने वह सारा पानी जो उसने जमा कर रखा था, अचानक इतनी मूसलाधार बारिश के रूप में उड़ेल दिया कि पिछले पचास साल में भारत में ऐसी बारिश नहीं देखी गई थी। ऐसा लगता था कि देवता हैदराबाद से रुष्ट होकर उन पर इस अंतिम अभिशाप का प्रहार कर रहे थे। मूसी नदी प्रलयकारी धाराओं का रूप धारण करके बेघर लोगों की तबाही का अंतिम साधन बन गई थी। एक रात तो मूसी नदी के किनारे सोए हुए हज़ारों निढाल पीड़ित उसमें डूब गए।

बीसियों साल से जिन पुलों में दरार तक नहीं आई थी, वे पानी के प्रबल वेग में या तो डूब गए या बह गए। प्रसिद्ध 'लकड़ी का पुल' में भी दरारें आ गई और हुसैन सागर[26] का पुश्ता टूटने लगा। चारों ओर जल-ही-नजर आता था। कुछ दिनों बाद बाढ़ का पानी उतर जाने के बाद मूसी नदी का किनारा लड़ाई का मैदान मालूम होता था—बैलगाड़ियां उलट पड़ी थीं, घर-गृहस्थी का सामान और काम-धाम के औजार फूट-फूटकर

कीचड़ में सने हुए इधर-उधर बिखरे पड़े थे। निज़ाम के गुर्गे तो जनता पर अत्याचार ढा ही रहे थे, प्रकृति के कहर से भी वहां की जनता त्राहि-त्राहि करने लगी। यह कभी ज्ञात नहीं हो सकेगा कि कुछ सप्ताहों में निज़ाम के गुर्गों के अत्याचारों और प्रकृति के कहर के भयानक संकट के दौरान कितनी जानें गईं। चारों ओर ऐसी गड़बड़ी मची हुई थी, प्रांत का प्रशासन कुछ समय के लिए इतनी बुरी तरह ठप हो चुका था कि इस विभीषिका की सही तसवीर खींच सकना असंभव था। कोई हिसाब ही नहीं लग सकता था कि कितने लोग अपने ही भव्य भवनों से निकालकर सड़क के किनारे मरने के लिए छोड़ दिए गए थे, कितने मारकर कुओं में फेंक दिए गए थे या अपने घरों या गांवों की आग में जल मरे थे। एक अनुमान के मुताबिक पालमूर, कर्नूल, उम्दानगर, भाग्यनगर व इसके आस-पास में पचास हजार लोगों को मौत के घाट उतार दिया गया और इतने ही लोगों का धर्म परिवर्तन कराकर उन्हें मुसलमान बनाया गया। हैदराबाद में बहुसंख्यक हिंदुओं पर अत्याचार की पीड़ा से सारा देश कराह उठा।

*

"यदि हैदराबाद को भारत में नहीं मिलाएं, तो इससे क्या फर्क पड़ता है?" नेहरू ने एक चर्चा के दौरान सरदार पटेल से पूछा।

"यदि आपको आनंदभवन का चौकीदार बनने के लिए विवश किया जाए, तो उससे क्या फर्क पड़ेगा?" पटेल ने प्रतिक्रिया दी।

"तुम कहना क्या चाहते हो?"

"मैं चाहता हूं पूरी आजादी।"

"क्या हैदराबाद के बिना आजादी पूरी नहीं है।"

"जी नहीं अधूरी है।"

"हैदराबाद ने अपने अस्तित्व को बचाए रखने के लिए संयुक्त राष्ट्र में गुहार लगाई है, ऐसे में उसके अंतरिम मामलों में दखल देना क्या उचित

रहेगा।''

''जब जनता ने ही उसे नकार दिया है, तो फिर वह कौन होता है, संयुक्त राष्ट्र में जाकर ही उसे क्या मिलेगा?''

''जनता ने उसे नकार दिया...अर्थात्?''

''आर्य समाज के नेतृत्व में जनक्रांति हो गई है, जिसने विलय की आधारशिला रख दी है। जनक्रांति इस सीमा तक भड़क उठी है कि निज़ाम की कार पर भी बम फेंका जा चुका है। अब बस आप प्रधानमंत्री होने के नाते पुलिस कार्रवाई करने की अनुमति दे दें।'' नेहरू सामने प्लेट में रखी नमकीन को उठाकर मुंह में डाल चबाने लगे। तो तभी पटेल ने एक काग़ज़ उसकी ओर बढ़ा दिया, ''इस पर आपके हस्ताक्षर चाहिए?''

''यह क्या है?''

''हवाई जहाज का पीएम कोटे से तुरंत टिकट लेने के लिए फार्म है।''

''ओह, यह बात है।'' और नेहरू ने बिना वह पत्र पढ़े उस पर हस्ताक्षर कर दिए। दरअसल वह कोटे से हवाई टिकट लेने के लिए फार्म नहीं, बल्कि हैदराबाद पर पुलिस कार्रवाई करने के लिए टाइप किया गया प्रधानमंत्री की ओर से लिखा गया आज्ञा पत्र था। इस पत्र को स्वयं पटेल ने टाइप किया था, क्योंकि वह जानते थे कि नेहरू जी आसानी से हैदराबाद पर पुलिस कार्रवाई करने की अनुमति नहीं देंगे और इस प्रकार पटेल ने 13 सितंबर, 1948 को 'ऑपरेशन पोलो' यानी हैदराबाद पर हमला बोलने की शुरुआत की। सुबह चार बजे भारतीय सेना ने जनरल चौधरी की कमांड में 2580 मील लंबी हैदराबाद राज्य की सीमा में पांच जगह से प्रवेश किया। निज़ाम की सेना ने कुछ प्रतिरोध किया, लेकिन वे हार गए और करीब 450 रजाकार गिरफ्तार कर लिए गए। एक झील के किनारे बने गेस्ट हाउस में रिजवी भी पकड़ा गया। 17 सितंबर को शाम पांच बजे निज़ाम ने युद्ध विराम की घोषणा करते हुए भारतीय सेनाओं को सिकंदराबाद में आने का निमंत्रण दिया और रजाकारों पर प्रतिबंध लगा दिया। जब 18 सितंबर को निज़ाम के मुख्य सेनाध्यक्ष जनरल एल्ड्रोस ने अपनी तलवार भारतीय सेनाध्यक्ष जनरल चौधरी के

चरणों में रख दी, तो तब इसके बाद पटेल हैदराबाद के लिए रवाना हुए।

❧

पटेल के हैदराबाद के लिए रवाना होने का समाचार निज़ाम को पहले ही मिल चुका था। वे सोच में पड़ गए कि पटेल का स्वागत करें या नहीं, क्योंकि अब वे कोई शासक तो रहे नहीं थे, अब तो केवल युद्ध अपराधी ही थे।

"हमारे साथ विश्वासघात हुआ है... विश्वासघात," निज़ाम ने अपनी बेगम से कहा, "हमने अपना सारा धन लंदन के बैंक में हथियार खरीदने के लिए मोइन नवाज़ जंग को दिया था, लेकिन जब हमने हथियारों को खरीदने के लिए धन निकासी के लिए पत्र भरा तो पता चला कि हमारे खाते में तो पैसा ही नहीं।"

"तो इतनी बड़ी रकम कहां चली गई।"

"उस नमक हराम ने वह रकम पाकिस्तान[27] के उच्चायुक्त हबीब इब्राहिम रहीमतुल्ला के खाते में जमा करवा दी[28] और जब हमने यह रकम अपने खाते में हस्तांतरित करने के लिए बैंक में आवेदन किया तो बैंक माना ही नहीं।"

"मगर क्यों?"

"क्योंकि वह धन हमारे निजी खाते की जगह राजकोष में से दिया गया था।"

"पर आपके पास धन की अभी क्या कमी है?"

"कमी तो नहीं है, पर बेहिसाब दौलत के अकेले स्वामी होते हुए भी हम भारत सरकार की 'पुलिस कार्रवाई' से हार गए हैं और क़ासिम रिज़वी भी गिरफ़्तार कर लिए गए हैं। चलो अच्छा ही हुआ क़ासिम रिज़वी पकड़ा गया।"

"पर क़ासिम रिज़वी[29] तो भारत-विरोधी आन्दोलन के प्रणेता थे।"

"थे तो सही, पर उन्होंने अंत समय में हमारे साथ विश्वासघात किया

है और हमें रास्ते से हटाकर स्वयं हैदराबाद के निज़ाम बनना चाहते थे। इसलिए उन्हें हमारी शह पर कैद किया गया है।"

"तो अब आप क्या करेंगे?"

"करूंगा क्या?," निज़ाम ने भारी मन से कहा, "अब करा ही क्या जा सकता है। हम केन्द्रीय सरकार से समझौता कर लेंगे, इसलिए हमने थोड़ी देर पहले ही यह ऐलान कर दिया है कि हम भारत सरकार का साथ देंगे, तथा पाकिस्तान से हमारा कोई सम्बन्ध न रहेगा।"

"अल्ला मेरे शौहर को बनाए रखे, आपने सही फैसला लिया है।"

"चलो कोई तो है हमारे फैसले को सही बताने वाला।"

"शुक्रिया।"

"अच्छा अब चलता हूं, एयरपोर्ट जाना है।"

"क्यों?"

"सरदार पटेल आ रहे हैं।"

"ओह! लौह पुरुष, उनकी अगवानी करने तो मुझे भी आपके साथ चलना चाहिए।"

"नहीं...नहीं...मुस्लिम औरतें परदे और घर में ही शोभा देती हैं।"

"जैसी आपकी इच्छा नाथ।"

"अब नाथ कहां, अब तो बूढ़े बैल हो चले हैं, नाथ तो हमारे नथुनों में पटेल ने डाल ही दी है।" बड़बड़ाते हुए निज़ाम चल पड़े।

ঔঌ

उस्मान अली की गाड़ी बेगमपेट हवाई अड्डे की ओर दौड़ी चली जा रही थी, लेकिन उस दिन उनकी गाड़ी पर हैदराबाद रियासत का ध्वज नहीं लगा हुआ था। शायद उनका ड्राइवर लगाना भूल गया होगा, या फिर पुलिस एक्शन में मुस्लिम गुंडों की हार के बाद ध्वज लगाने की हिम्मत नहीं हुई होगी। मैं तो कहता हूं हिम्मत ही नहीं हुई होगी। जैसे ही एयरपोर्ट के मुख्य द्वार पर गाड़ी पहुंची तो गार्ड ने उसे रोक दिया,

“ठहरो, बिना अनुमति पत्र के यह गाड़ी हवाई अड्डे के अंदर नहीं जा सकती।”

“आप जानते नहीं यह गाड़ी किसकी है?” निज़ाम के ड्राइवर ने अकड़कर कहा।

“किसकी है?”

“निज़ाम साहब की और वे इसी में हैं।”

“ओह! भूतपूर्व निज़ाम साहब की।”

“भूतपूर्व... ।” ड्राइवर चौंका।

“भूतपूर्व नहीं तो क्या? यदि भूतपूर्व नहीं होते तो क्या इस गाड़ी पर हैदराबाद रियासत का ध्वज नहीं होता।”

इतना सुनते ही निज़ाम साहब बाहर निकल आए, “कौन बदतमीज है।”

“बदतमीज नहीं द्वार रक्षक कहिए श्रीमान?”

“तुम्हारी इतनी हिम्मत की हमसे जबान लड़ाते हो और सलाम तक ठोका नहीं।”

“सलाम तो पद और प्रतिष्ठा को ठोका जाता है श्रीमान् और आपने दोनों ही गंवा दी है। यदि आप बिना संघर्ष किए भारत में मिल जाते तो हर भारतीय आपके चरणों की धूल मस्तक पर लगाता, लेकिन अब कोई आप पर... ।”

“ठीक है...ठीक है...हमें जाने दो।”

“मगर क्यों?”

“सरदार पटेल का जहाज आने वाला है, उनकी आवभगत करनी है।”

“कुछ फूलों का गुलदस्ता लाए कि नहीं।”

“लाया हूं ना!”

“दिखता तो नहीं।”

“विलय के संलेख पर हस्ताक्षर करने वाली क्या यह कलम दिखाई नहीं देती।” उन्होंने अपनी जेब में लगी कलम की ओर इशारा किया।

“ओह! आप हैदराबाद का भारत में विलय करने जा रहे हैं। यह तो

बड़े सौभाग्य की बात है। नए भारत में आपका स्वागत है। खुशी से जाइए श्रीमान् और आते वक्त मिठाई खाकर जाना मत भूलना।''

''ठीक है...ठीक है..'' कहकर निज़ाम गाड़ी में बैठ गए और ड्राइवर ने गाड़ी आगे बढ़ा दी।

सुरक्षाकर्मी ने मुस्कराते हुए प्रभु को धन्यवाद दिया, ''हे ईश्वर, सच तू बड़ा महान है। तेरे ही कारण हमने स्वतंत्रता पाई है।''

ᘛ৪ᘚ

बहुत से लोग एयरपोर्ट पर सरदार पटेल के आने के ऐतिहासिक क्षणों का इंतजार कर रहे थे और फिर वह स्वर्णमयी क्षण आ ही गए। जैसे ही उनका प्लेन हवाई पट्‍टी पर उतरा तो निज़ाम साहब उसकी ओर दौड़े। जब तक वे प्लेन के पास पहुचे पटेल भी हवाई जहाज से उतर चुके थे, ''जय हिन्द निज़ाम साहब!'' पटेल ने हाथ जोड़कर प्रमाण किया।

''जय हिन्द...जय भारत...।'' निज़ाम झुकते हुए स्वतः ही करबद्ध हो गए। वह शासक जो इंग्लैंड के सम्राट के सामने भी मुख उठाकर बातें करता था, आज सरदार पटेल ने सामने हाथ जोड़े झुका हुआ खड़ा था। यही वे ऐतिहासिक क्षण थे, जिनके कारण सरदार पटेल को लौह पुरुष की उपाधि से सम्मानित किया गया।

''मेरे लिए क्या आदेश है?'' निज़ाम ने पटेल से पूछा।

''सम्मिलन के संलेख पर हस्ताक्षर कर स्वयं भी सुखपूर्वक रहें और हमें भी आजादी की खुली हवा में सांस लेने दें।''

''सम्मिलन का संलेख...हम तो अंग्रेजों के अधीन थे और आप हैं स्वतंत्र भारत के प्रतिनिधि, फिर तुम्हारे संलेख पर हस्ताक्षर करना क्या कानूनन है?''

''एकदम कानूनन है उस्मान अली,'' पटेल ने उसे कहा, ''जैसी कि भारतीय स्वतन्त्रता अधिनियम 1947 में व्यवस्था है, तदनुसार अगस्त 1947 के पन्द्रहवें दिवस से एक स्वतन्त्र अधिराज्य 'भारत' के नाम से

विदित, स्थापित किया गया और भारत सरकार अधिनियम 1935, ऐसी सभी अवक्रियाओं, परिवर्धनों, अनुकूलनों तथा संशोधनों सहित, जिनको गवर्नर जनरल अपनी आज्ञा द्वारा निर्दिष्ट करें, भारत के अधिराज्य पर लागू होता है; और जैसा कि भारत सरकार अधिनियम 1935 इस भांति गवर्नर जनरल द्वारा अनुकूलित होकर व्यवस्था करता है, तदनुसार कोई भी रियासत शासक द्वारा सम्मिलन के संलेख पर हस्ताक्षर किए जाने पर भारतीय अधिराज्य में सम्मिलित हो सकती है।"

"कोई भी रियासत सम्मिलत हो सकती है ना, जरूरी तो नहीं।" निज़ाम ने पूछा।

"जरूरी ही है।"

"क्यों?"

"यह समय की जरूरत है।"

"तो मैं क्या करूं?"

"विलय के घोषणा पत्र पर हस्ताक्षर कर दें," कहते हुए उन्होंने एक घोषणा पत्र उन्हें थमा दिया।

निज़ाम ने बिना घोषणा पत्र पढ़े उस पर हस्ताक्षर कर दिए और फिर वहां उपस्थित प्रत्यक्षदर्शियों के समक्ष उसे पढ़ना शुरू किया–

"मैं *लेफ़्टीनेन्ट जनरल हिज़ एक्ज़ाल्टेड हाईनेस आसफ़जाह, मुज़फ्फर-उल-मुल्क, निज़ाम-उल-मुल्क, निज़ामुद्दौला सर मीर उस्मान अली खां बहादुर, फ़तेहजंग, जी. सी. एस. आई. जी. बी. ई।*

शासक राज्य *हैदराबाद रियासत*

उपरोक्त राज्य में तथा उस पर अपने प्रभुत्व के अधिकार प्रयोग द्वारा यहां पर यह सम्मिलन का संलेख निष्पादित करता हूं; और

1. मैं यहां पर घोषित करता हूं कि मैं भारतीय अधिराज्य में सम्मिलित होता हूं, इस इरादे से कि भारत के गवर्नर जनरल, अधिराज्य का विधान मण्डल, संघीय न्यायालय तथा कोई अन्य अधिराज्य प्राधिकारी सत्ता जो अधिराज्य प्रक्रियाओं के उद्देश्य से स्थापित की गई हो, मेरे इस सम्मिलन के संलेख के प्रभाव द्वारा परन्तु इसकी धाराओं

से अनुशासित और केवल अधिराज्य के प्रयोजन से राज्य हैदराबाद दक्खिन (इसके अनन्तर अभ्युद्दिष्टित 'यह राज्य') के सम्बन्ध में, ऐसे कार्यों के हेतु जिनको करने का अधिकार भारत सरकार अधिनियम 1935 के अन्तर्गत, जिस भांति यह अधिनियम भारतीय अधिराज्य में अगस्त 1947 के पन्द्रहवें दिन लागू हुआ अपने अधिकारों का प्रयोग कर सकते हैं; और मैं यह घोषित करता हूं कि भारतीय अधिराज्य ऐसे प्रतिनिधि या प्रतिनिधियों द्वारा, जैसा वह उचित समझे इस रियासत के जनपद एवं आपराधिक न्याय की प्रशासनिक व्यवस्था के सम्बन्ध से उन समस्त अधिकारों, शक्तियों और क्षेत्राधिकार का प्रयोग कर सकता है, जो किसी समय सम्राट के प्रतिनिधि द्वारा सम्राट् की ओर से भारतीय रियासतों के साथ उनके सम्बन्धों के विषय में प्रयोग किए जाते थे।

2. मैं यहां पर वैधानिक अनुबन्ध स्वीकार करता हूं कि विश्वस्त रूप से इस राज्य में मेरे द्वारा अधिनियम के आदेशों को मेरे इस सम्मिलन के संलेख की स्वीकृति के फलस्वरूप उचित रूप से लागू करके प्रभावकारी बनाया जाएगा।

3. अनुच्छेद 1 की व्यवस्था के प्रतिकूल न होकर मैं अनुसूची में निर्दिष्ट सभी बातों (मामलों) को स्वीकार करता हूं जिनके विषय में अधिराज्य का विधान-मण्डल इस रियासत के लिए क़ानून बना सकता है।

4. मैं यहां पर घोषित करता हूं कि मैं भारत के अधिराज्य में सम्मिलित होता हूं, इस विश्वास पर कि यदि कोई इक़रारनामा गवर्नर ज़नरल और इस राज्य के शासक के बीच होता है कि अधिराज्य के विधान मण्डल के किसी क़ानून से सम्बन्धित, इस राज्य के प्रशासन के विषय में कोई कार्य इस राज्य के शासक द्वारा सम्पन्न किया जाएगा, तो ऐसा कोई भी इक़रारनामा इस संलेख का एक भाग होगा और तदनुसार व्याख्या द्वारा उसको प्रभावकारी समझा जाएगा।

5. मेरे इस सम्मिलन के संलेख की धाराएं, अधिनियम अथवा भारतीय स्वतन्त्रता अधिनियम 1947 में किसी प्रकार के संशोधन द्वारा

परिवर्तित न होंगी जब तक वह संशोधन मेरे द्वारा इस संलेख के अनुपूरक संलेख में स्वीकृत न होगा।

6. इस संलेख द्वारा अधिराज्य विधान मण्डल को अधिकार नहीं होगा कि वह इस रियासत हेतु कोई क़ानून बनाए जिसके द्वारा वह किसी कार्य के लिए अनिवार्यतः भूमि अधिग्रहण करें, परन्तु मैं उत्तरदायित्व लेता हूं कि यदि अधिराज्य अपने किसी अधिनियम हेतु, जो इस राज्य पर लागू है, भूमि प्राप्त करना ज़रूरी समझता है, तो मैं उसके ख़र्चे पर भूमि प्राप्त कर दूंगा अथवा वह भूमि यदि मेरी होगी तो उन शर्तों पर, जो परस्पर तय हो जाएंगी, अधिराज्य को हस्तान्तरित कर दूंगा अथवा इक़रारनामे की अवहेलना पर भारत के प्रधान न्यायाधीश द्वारा नियुक्त मध्यस्थ का निर्णय स्वीकार करूंगा।

7. इस संलेख में कोई बात मुझे अनुबन्धित नहीं करेगी कि मैं भारत के किसी भावी संविधान को स्वीकार करने अथवा उसके अन्तर्गत भारत सरकार से इक़रारानामे करने को बाध्य रहूंगा।

8. इस संलेख में कोई बात इस राज्य में या राज्य पर मेरा प्रभुत्व क़ायम रहने में बाधक न होगी, सिवाय संलेख की व्यवस्थानुसार। इस राज्य के शासक की हैसियत से जो अधिकार, शक्ति और प्रभुता मुझे प्राप्त है उसके प्रयोग में, अथवा जो क़ानून इस समय इस राज्य में लागू हैं, उनकी वैधता में, संलेख की व्यवस्था मान्य होगी।

9. मैं यहां पर घोषित करता हूं कि मैं इस राज्य के पक्ष से यह संलेख निष्पादित करता हूं और इस संलेख का कोई सन्दर्भ मुझ से या इस राज्य के शासक से जहां भी होगा वहां मेरे अतिरिक्त मेरे वारिसों और उत्तराधिकारियों से भी उसका सम्बन्ध माना जाएगा।

मेरे हस्ताक्षर द्वारा आज 18 सितंबर 1948।

उस्मान अली.....

पटेल ने उसके हाथ से वह संलेख ले लिया और फिर कहा, "मैं यह सम्मिलन का संलेख यहां पर स्वीकार करता हूं...आज दिनांक 18 सितंबर सन् 1948।

वल्लभभाई पटेल

भारत का गृहमंत्री और उप प्रधानमंत्री''

''शुक्रिया उस्मान अली, अब न होगी देश में खलबली और हम बनाते हैं आपको हैदराबाद राज्य का प्रमुख।''

''हैदराबाद राज्य का प्रमुख...अर्थात् हमारे राज्य में मिले हुए अन्य जिलों का भी प्रमुख...।''

''हां...हां क्या? आप राजप्रमुख ही रहेंगे, लेकिन स्वतंत्र भारत सरकार के अधीन।''

''मैं उस्मान अली स्वतंत्र भारत के भावी संविधान के प्रति पूर्ण आस्था प्रकट करता हूं और देश की एकता और अखण्डता के लिए अपने प्राण तक दे दूंगा।''

''आपसे ऐसी ही आशा थी राजप्रमुख।''

''शुक्रिया।''

''अब इसकी कोई जरूरत नहीं, हमारा काम हो गया।''

''आप भी...।'' कहकर वे मुस्करा दिए।

🙠🙢

भारत में अपनी रियासत का विलय कर देने के बाद निज़ाम को हैदराबाद (संघीय राज्य) का राजप्रमुख बना दिया गया। कुछ सालों तक निज़ाम ने अपनी सरकारी हैसियत और 21 तोपों की सलामी के अधिकार का प्रयोग किया, पर उनके पास अब कोई शक्ति नहीं थी। उनके धन का कुछ हिस्सा भारत सरकार ने ले लिया और उन्हें प्रतिवर्ष 20 लाख डॉलर की पेंशन तय कर दी गई। इस सबसे निज़ाम के परिवार के सदस्य चिंतित हो उठे।

''अजी सुनते हो?''

''बोलो महल-ए-मुबारक,'' निज़ाम ने अपनी बड़ी बेगम से पूछा, ''क्या बात है?''

‘‘अब तो ये सूना-सा महल भी काटने को दौड़ता है, महल में अब तो हम क़ैदी से बनकर रह गए हैं।’’

‘‘हां, क़ैदी ही तो बनकर रह गए हैं, पर तुम कुछ कहना चाह रही थी, पर कहा कुछ नहीं।’’

‘‘कहीं घूमने की इच्छा मन में बलवती हो रही है।’’

‘‘क्या मूर्खतापूर्ण बात करती हो? अब भला कहीं घूमने की उम्र है। अब तो ईश्वर का नाम लिया करो।’’

‘‘अगर अब घूमने की उम्र नहीं और ईश्वर का नाम लेने की उम्र है, तो फिर आप क्यों नाममात्र के निज़ाम बने हुए हैं।’’

‘‘नाममात्र के निज़ाम,’’ उस्मान ने पूछा, ‘‘नाममात्र के निज़ाम से तुम्हारा मतलब क्या है?’’

‘‘ये राजप्रमुख का पद क्या नाममात्र की निज़ामशाही नहीं है! क्या अधिकार रह गए हैं आपके पास...कुछ भी तो नहीं!’’

‘‘हां...तुम ठीक कहती हो बेगम! हमारे पास कुछ भी तो अधिकार नहीं रह गए हैं। इसी कारण हमें अब बाहर निकलने में भी शर्म आती है और हम अकेले ही महल में बस अपने आप ही क़ैद से हो गए हैं, पर अब किया ही क्या जा सकता है। जिन लोगों का हमने जीवन-भर साथ दिया, उन्होंने भी हमारा साथ छोड़ दिया है और नई-नई राजनीतिक पार्टियों में शामिल हो गए हैं।’’

‘‘हां सब बनी-बनाई के ही तो होते हैं, बिगड़ी में तो अपना साया भी साथ छोड़ देता है।’’

‘‘करें भी तो क्या करें!’’

‘‘अब यह लोक तो सुधरने से रहा...परलोक ही सुधार लिया जाए।’’

‘‘मतलब!’’

‘‘खुदा की इबादत और इस्लाम की भलाई...।’’

‘‘हां, सही कहा आपने बेगम साहिबा। ऐसा ही कुछ मैं भी सोच रहा था। लाओ...कलम और दवात लाओ। आज ही राजप्रमुख के पद से त्याग पत्र देता हूं।’’

"परंतु...।"

"अब किंतु-परंतु क्या? आपने ही तो यह सलाह दी है।"

"वह तो ठीक है, लेकिन..."

"साफ-साफ कहो बेगम साहिबा, क्या कहना चाहती हो?"

"देखो बड़ी कढ़ाई की तो खुरचन से ही पेट भर जाता है।"

"पहेलिया मत बुझाओ बेगम साहिबा?"

"कुछ धन तो लंदन के वेस्टमिनिस्टर बैंक ने हड़प लिया। कुछ धन भारत सरकार ने अपने कब्जे में कर लिया, लेकिन अभी भी हमारे पास इतना धन है कि यदि आपने त्याग पत्र से पहले इसका कोई इंतजाम नहीं किया तो, पता नहीं सरकार की नज़र कब हमारी बची-खुची संपत्ति पर पड़ जाए और फिर भिक्षा ही मांगनी पड़े।"

"कहती तो ठीक हो, बेगम साहिबा! लेकिन अब धन का करना भी क्या है?"

"कम-से-कम जन-कल्याण के लिए तो..."

"हां, यह बात तुमने बड़ी अच्छी की। मैं आज ही सचिव से सारी धन-दौलत का हिसाब लगाकर उसको जन-कल्याणकारी कई ट्रस्टों के हवाले कर दूंगा।"

और फिर निज़ाम ने अपने उत्तराधिकारियों और दूसरे धर्मार्थ कार्यों के लिए संपत्ति के वितरण में बेहद सजगता दिखाते हुए, 50 से भी ज्यादा ट्रस्ट गठित किए। यहां तक कि एक जवाहरात ट्रस्ट भी बना डाला, जिसमें इससे लाभान्वित होने वाले नामों का उल्लेख किया गया। निजी संपत्ति के ज्यादातर मामलों में ऐसे दस्तावेज तैयार करवाए, जिनमें साफ लिखवाया गया कि उनके वंशजों का अधिकार केवल संपत्ति के ब्याज पर ही होगा। संपत्ति का बंटवारा उनके दो पोतों मुकर्रम ज़ाह और उनके भाई मुफक्कम जाह के बीच होगा। निज़ाम ने अपने दो बेटों—आज़म जाह और मुअज्जम जाह को अपना उत्तराधिकारी बनाने लायक नहीं समझा। इतना सब करने के बावजूद भी निज़ाम ने लंदन में जमा पैसे के लिए किसी ट्रस्ट का गठन नहीं किया, इसलिए यह बात एक पहेली

ही बन गई कि लंदन के बैंक में जमा पैसा निज़ाम की निजी संपत्ति का हिस्सा है या नहीं। यह सब करने के बाद निज़ाम ने राज प्रमुख के पद से इस्तीफ़ा दे दिया और सार्वजनिक जीवन से हट कर फ़कीरी ले ली, उसके बाद वे अपना समय कॉफी पीने (लगभग 50 कप रोज) और शे'रो-शायरी लिखने में व्यतीत करने लगे तथा उस यूनिवर्सिटी को चलाने में व्यस्त हो गए, जिसकी उन्होंने स्थापना की थी अर्थात् उस्मानिया यूनिवर्सिटी। लेकिन वह अभी भी दुनिया का सबसे अमीर आदमी था और कुछ लोग उसे बराबर बगावत करने के लिए उकसाते रहते थे। दूसरी तरफ निज़ाम के उत्तराधिकार से वंचित उसके पुत्र अपने पिता और शासन के विरुद्ध षड़यंत्र रचने पर उतारू हो गए। जब पटेल को यह सब पता चला तो वे भी चिंतित हो उठे और राष्ट्रीय एकता के लिए अपने प्रयास और कड़े कर दिए।

कहीं निज़ाम के धन का दुरुपयोग न हो, इसलिए सरदार पटेल ने निज़ाम को सलाह दी, "अपनी संचित की हुई धनराशि, सोने-चांदी की ईंटों और ज़ेवर-जवाहरात सुरक्षा की दृष्टि से बम्बई के किसी बैंक के सेफ़ डिपोज़िट वॉल्ट में रखवा दें, तो आपके लिए ही अच्छा रहेगा।"

"मगर क्यों, मैंने तो सब संपत्ति के लिए ट्रस्ट बना दिया है?"

"बुरा न मानें तो एक बात कहूं?"

"कहो?"

"आपकी बेशुमार दौलत का आपके सलाहकारों और न्यासियों द्वारा अनुचित इस्तेमाल हो सकता है।"

"वह कैसे?"

"यह तो दुनिया जानती ही है कि आपके एजेंट ने आपके ही राजकोष के 1007940 पाउंड और 9 शिलिंग की धनराशि पाकिस्तान के उच्चायुक्त के खाते में जमा करवा दी है। जिसका दुरुपयोग भारत के विरोध में किया जा रहा है।"

"मैं सच कहता हूं, यह राशि पाक के खाते में कैसे पहुंची मुझे पता नहीं।"

“और अब अफ़वाहें उड़ रही हैं कि आपने सारी दौलत गुप्त तरीके से हटा कर पाकिस्तान या किसी ग़ैर मुल्क में भेज देने का इरादा कर लिया है। यदि आपने ऐसा किया तो आप पर देशद्रोह का मुकदमा चल सकता है।”

“देशद्रोह का मुकदमा...” निज़ाम हक्का-बक्का रह गया, “नहीं...नहीं... मैं भारत छोड़कर कहीं नहीं जाऊंगा।”

“तो फिर?”

“जैसा आप चाहेंगे, वैसा ही होगा।”

इस प्रकार पटेल की योजना सफल हुई और निज़ाम की संपत्ति से 46 करोड़ रुपए का एक कल्याणकारी ट्रस्ट कायम किया गया और सारे जवाहरात पहले बम्बई के इम्पीरियल बैंक ऑफ़ इण्डिया में रख दिए गए। इस बैंक में जब असंख्य बक्सों और कई ठेले भरे सोने-चांदी की ईंटें रखने के लिए जगह की कमी पड़ी, तब उनको मर्केन्टाइल बैंक ऑफ़ इण्डिया के विशेष मज़बूत तहख़ानों में रखवा दिया गया, जो ख़ासतौर पर तैयार कराए गए थे। निज़ाम का धन जब भारतीय बैंक में पहुंच गया तो भारत सरकार को उनकी देशभक्ति पर यकीन हो गया। निज़ाम ने अपनी संपत्ति का संरक्षक और पदवी का उत्तराधिकारी मुकर्रम जाह को बनाया और उनकी शादी मानोल्या के साथ करवाई।

शाहजादा हिमायत अली खां (आज़म जाह) और शाहज़ादा शुजात अली खां (मुअज्जम जाह) जिनको निज़ाम ने अपना उत्तराधिकारी बनाने लायक भी नहीं समझा, उन शाहजादों के विवाह तुर्की की शाहज़ादियों से हुए थे, जो तुर्की के भूतपूर्व खलीफ़ा अब्दुल मज़ीद की लड़की और भतीजी थीं।

शादी के कुछ साल बाद शाहज़ादी नीलोफ़र ने अपने पति मुअज्जम जाह को छोड़ दिया, जो निज़ाम के दूसरे बेटे थे। वह अपनी दादी के पास चली गई, जो अब्दुल मजीद की चचाज़ाद बहन और तुर्की की सबसे धनी महिला थीं। भारत सरकार की मंजूरी से दोनों शाहज़ादों को भारी रकमें ‘प्रीवी पर्स’ में मिला करती थीं, लेकिन जब निज़ाम की सम्पत्ति का

ट्रस्ट पंजीकृत हो गया, तो वे रकमें ट्रस्ट को ही दी जाने लगीं। निज़ाम को पांच लाख रुपए अपनी ज़मीन-जायदाद से और कुछ रक़म ट्रस्ट से मिलती थी।

हाथ में करोड़ों रुपए होते हुए भी निज़ाम मुश्किल से कुछ हजार रुपयों में अपना और अपनी रखेलियों का सारा खर्च चलाते थे। उनकी तमाम रखेलियां महल में भरी पड़ी थीं। निज़ाम का हरम बहुत बड़ा था और उनकी सैकड़ों बीवियां थीं। हिजड़े भी नौकर थे। मगर कुल रक़म जो उनके निजी मुलाज़िमान और महल के खर्च में आती थी, वह उस रकम से कहीं कम थी, जो कलकत्ते और बम्बई के किसी धनी परिवार में ख़र्च की जाती थी।

पर्वतों जितने ऊंचे और फौलाद जैसे मजबूत आदमी ने जब देखा कि सारा देश एकता के सूत्र में बंध गया है, तो वे निश्चिंत हुए और उन्होंने संन्यास लेने का बन बनाया। जब उन्होंने अपने हृदय के उद्गार पंडित नेहरू के सामने व्यक्त किए तो उन्होंने कहा, ''पटेल हमारे बीच भले ही 15 सालों तक गहरे मतभेद रहे हों, लेकिन तुम एक ओर जहां आजादी की लड़ाई में हमारी सेना के महानायक और कमजोर दिलों में जान फूंकने वाले थे, वहीं आधुनिक भारत के निर्माता भी हो और देश को अभी आपकी जरूरत है।''

''मगर अब देश को मेरी जरूरत नहीं।''

''क्यों नहीं है। भले ही मैं विदेश नीति का मान्य विशेषज्ञ हूं, लेकिन आपकी समझ मेरे से ज्यादा है। मैं विभिन्न मुद्दों पर अपना दृष्टिकोण बदलने को जब-जब राजी न होता था, तो तब टकराव को उत्सुक अपने अपने व्यग्र सहायकों के विपरीत आप मेरे खिलाफ कभी खड़े नहीं हुए। फिर अब मेरी इच्छा के विपरीत आप राजनीति छोड़ संन्यासी कैसे बन सकते हैं?''

"मगर...धर्म, अर्थ, काम और मोक्ष के लिए तो...।"

"मेरे भाई, तुमने त्याग की शक्ति को निजी हित में लगाने की अपेक्षा देश की एकता में लगाया है। संन्यास भी तो त्याग ही है, इसलिए राजर्षि बने रहो, इसी में हम सबका और हमारे देश का हित है।"

"पंडित जी आप भी मेरा परलोक नहीं सुधरने देंगे।"

"यदि आपका परलोक सुधर गया तो आपको मोक्ष मिल जाएगा।"

"तो क्या मुझे मोक्ष नहीं लेने देंगे।"

"नहीं।"

"मगर क्यों?"

"इसलिए कि जब-जब देश की एकता पर आंच आए तो आप तब-तब जन्म लेकर देश की एकता और अखण्डता को बनाए रखने के लिए अपना अमूल्य योगदान देते रहें। इसी जन्म में नहीं जन्म-जन्मांतर तक।"

"तो मेरे मोक्ष का क्या होगा?"

"मोक्ष मैं ले लूंगा।" कहकर पंडित जी हंस पड़े।

"यह कैसे हो सकता है, प्रधानमंत्री का पद भी आपने लिया और मोक्ष भी आप ही लेंगे।"

"क्यों नहीं हो सकता। मुझे दोनों चाहिए।"

"तो मेरे लिए!"

"आपके लिए भारत के सारे दीन-दुखी हैं, आप बस इन्हीं की सेवा करते रहो।"

"ओह! आप भी।" कहकर वे मुस्कुरा दिए।

ଔ

भारत की सभी देशी रियासतों के विलय के अलावा देश की अखण्डता बरकरार रखने के लिए सरदार पटेल के ऐतिहासिक कार्यों में सोमनाथ मंदिर का पुनर्निर्माण, गांधी स्मारक निधि की स्थापना, कमला नेहरू अस्पताल की रूप रेखा आदि हैं। उनके मन में गोआ को भी भारत

में विलय करने की इच्छा कितनी बलवती थी, इसका एक उद्धरण ही काफी है। एक बार जब वे भारतीय युद्धपोत द्वारा बम्बई से बाहर की यात्रा पर थे, तो गोआ के निकट पहुंचने पर उन्होंने कमांडिंग आफ़ीसर से पूछा, "इस युद्धपोत पर तुम्हारे पास कितने सैनिक हैं?"

"आठ सौ।"

"क्या इतने सैनिक गोआ पर अधिकार करने के लिए पर्याप्त हैं?"

"जी, हम गोआ पर अधिकार करने की क्षमता रखते हैं।"

"अच्छा चलो जब तक हम यहां हैं गोआ पर ही अधिकार कर लें।"

"परंतु...।"

"परंतु क्या?"

"लिखित आदेश के बिना हम गोआ पर अधिकार कैसे कर सकते हैं?" कप्तान ने किंकर्तव्यमूढ़ हो विनती की।

"ओह!" पटेल चौंके और फिर कुछ सोचकर बोले, "ठीक है चलो हमें वापस लौटना होगा और लिखित आदेश लेकर आएंगे।"

"पर प्रधानमंत्री पंडित नेहरू इस पर आपत्ति करेंगे?"

"यह सही है कि जवाहरलाल के ससुराल में मेरा वश नहीं चलता, इसीलिए तो कश्मीर की समस्या पैदा हो गई है, लेकिन उसके अलावा सारे भारत की एकता को बनाए रखना तो मेरे वश की बात है ही।"

"पर कश्मीर में आपका वश क्यों नहीं चलता?"

"क्योंकि भारत में केवल एक ही व्यक्ति राष्ट्रीय मुसलमान है– जवाहर लाल नेहरू, शेष सब सांप्रदायिक मुसलमान हैं।"

"हां आपने ठीक ही कहा, यह सही है कि सब मुसलमान आतंकवादी नहीं हैं, लेकिन यह भी सही है कि सब आतंकवादी मुसलमान ही हैं, पर कश्मीर के मामले में राष्ट्रवादी मुसलमान...।"

यद्यपि लगातार काम करने के कारण वल्लभभाई का स्वास्थ्य गिरता जा रहा था, लेकिन इसकी परवाह किए बिना वह देश सेवा में लगे रहते थे। 1948 के मध्य तक लगभग पंद्रह लाख मुसलमान पाकिस्तान भाग गए थे और क़रीब इतने ही हिंदू भारत आ गए थे। बंटवारे की इस त्रासदी के दौरान दोनों धर्मों के लोगों ने भयंकर हिंसा फैलाई थी। हज़ारों हिंदुओं को मुसलमानों ने एवं हज़ारों मुसलमानों को हिंदुओं ने क़त्ल किया। लूटपाट की, बहू-बेटियों से बलात्कार किया। इस ख़ून-ख़राबे को पूरी तरह से रोक पाना तो संभव नहीं दिखता था, लेकिन इसे कम जरूर किया जा सकता था। वल्लभभाई ने इस पर नियंत्रण करने के लिए लगातार प्रयास किए।

सितंबर के आख़िरी सप्ताह में अमृतसर के कुछ सिखों ने पाकिस्तान जा रहे मुसलमानों पर हमला करने की योजना बनाई। जब पटेल जी को इस योजना की भनक लगी, तो वह तुरंत अमृतसर की ओर रवाना हुए। वहां उन्होंने जनता से बहुत ही करुण अपील की, जिससे शांति स्थापित करने में मदद मिली।

उन्होंने कहा, "यही वो शहर है, जिसमें जलियांवाला कांड के समय सभी धर्मों के लोगों ने मिलकर बलिदान दिया था। आप सभी जानते हैं कि हम सभी ने मिलकर इस देश को आज़ाद कराया है। प्रत्येक धर्म के व्यक्ति ने अपना पूरा सहयोग दिया है। क्या यह दुःखद नहीं है कि आज हिंदुओं के लिए लाहौर में और मुसलमानों के लिए अमृतसर में खुलेआम घूमना मुश्किल हो गया है। हथियार विहीन लोगों, मासूम बच्चों एवं महिलाओं को मारने में कोई बहादुरी नहीं है। जब प्रवास करना मजबूरी बन गई हो, तो हमें यह सुनिश्चित कर लेना चाहिए कि यह शांतिपूर्वक हो सके।" सरदार पटेल के शब्दों से प्रभावित होकर जनता का गुस्सा शांत हो गया।

निःसंदेह पटेल जी देश की भलाई के कामों में लगातार लगे हुए थे, पर दिन-रात मेहनत करने के कारण उनका स्वास्थ्य बिगड़ता जा रहा था, पर फिर भी वह अपनी ज़िम्मेदारियां निभाते रहे। जब स्थिति अत्यधिक

कठिन हो गई तो दोस्तों के कहने पर वह बंबई चले गए। इलाज हो रहा था, पर 15 दिसंबर, 1950 को 9.37 बजे भारत के इतिहास के सर्वाधिक गौरवशाली नक्षत्रों में से एक लौहपुरुष सरदार वल्लभभाई पटेल 76 वर्ष की आयु में हमेशा के लिए सो गए।

आज भी हम उन्हें उनके संकल्प एवं साहस के चलते लौहपुरुष के नाम से पुकारते हैं। वह मज़बूत इरादे वाले इंसान थे एवं दूरदर्शिता के मामले में तो वह अपने अधिकांश समकालीन लोगों से कहीं अधिक आगे थे। उनके इरादे लोहे जैसे मजबूत एवं परिपक्वता लिए होते थे। उनकी योजनाएं पूरी होने की अद्‌भुत विशेषताएं रखती थीं। बाद में भारत सरकार ने स्व. वल्लभभाई पटेल को भारत के सबसे बड़े सम्मान 'भारत रत्न' से सम्मानित किया।

दुनिया के सबसे अमीर निज़ाम उस्मान अली, जिन्हें सरदार पटेल ने अपने आगे झुकाया था, अब दुनिया से उनका कोई वास्ता नहीं रह गया था, लेकिन दीन के लिए वे समर्पित हो गए थे।

एक दिन बिस्तर पर लेटे-लेटे माला फेर रहे थे, तभी उनकी बेगम ने आकर कहा, "सुना है बुजुर्गों की दुआ का बड़ा असर होता है!"

"बिल्कुल दुआ का असर तो होता ही है," निज़ाम ने अपनी बेगम से पूछा, "लेकिन तुम यह क्यों कह रही हो, दीन के बारे में तो तुम मुझसे ज्यादा समझदार हो।"

"मैं क्यों! समझदार तो आप ही हैं, तभी तो आज भी आपकी हर कविता समाचार पत्रों के प्रथम पृष्ठ पर प्रकाशित की जाती है।"

"बेगम कोई विशेष बात है क्या, जो इस तरह की बातें कर रही हो?"

"हां, बात तो विशेष ही है।"

"क्या बात है?"

"वो मुकर्रम जाह... ।"

"क्या हुआ मुकर्रम जाह को...उसकी तबियत तो ठीक है ना!"

"वो अपनी बेगम... ।"

"क्या हुआ उनकी बेगम मानोल्या ओनुर को?"

"उनको तो कुछ भी नहीं हुआ?"

"कुछ भी नहीं हुआ? तो फिर क्यों पहेलिया बुझा रही हो बेगम? क्या बुढ़ापे में सठिया गई हो?"

"सठियाए मेरे दुश्मन!"

"कौन हैं आपके दुश्मन!"

"चलो जाने भी दो!"

"क्या जाने दूं, आपने बात तो पूरी की नहीं।"

"बात ये है कि..."

"बात ये है कि...इतनी हिचक क्यों? साफ-साफ बोलती क्यों नहीं।"

"अजी अब आपका जमाना नहीं है कि जितने चाहो निकाह पढ़ लो।"

"हां जमाना तो बदलता ही रहता है...हमारे दादा की तीन हज़ार पत्नियां थी, पर अब्बाजान को आठ सौ ही थी।"

"और मेरी सौतनें।"

"यही कोई ढाई सौ...पर अब तो उनमें से आधी तो अल्ला को प्यारी हो गई।"

"और आपके उत्तराधिकारी को कितना बीबियां रखनी चाहिए।"

"हमारे उत्तराधिकारी को कितनी बीवियां," एक लंबी सांस लेकर निज़ाम ने कहा, "अब तो जमाना ही बदल गया, राजपाट के साथ-साथ हरम भी इतिहास की बातें हो गई। आज के युग में मैं जवान होता तो एक से ही हाथ जोड़ लेता...।"

"यही तो मैं कह रही हूं।"

"मतलब!"

"मुकर्रम जाह अपनी बेगम मानोल्या से हाथ जोड़ना चाहते हैं।"

"अर्थात वे उसे तलाक देना चाहते हैं।"

"देना क्या, वे ही लेना चाहती हैं।"

"मगर क्यों?"

"बड़े बाप की बेटी है ना! हमारे पास तो अब तख्तो-ताज रहा नहीं और उसे...।"

"अब जाने भी दो बेगम...हमने अपना जीवन अपनी इच्छा के साथ गुजार लिया और बच्चों को अपना जीवन उनकी इच्छा के अनुसार गुजारने दो...कोई किसी को तलाक दे...या दीन की आज्ञा के अनुसार जीवन भर साथ निभाए...अब हमें इससे क्या?"

"आप भी कैसे इंसान हैं।"

"हां मैं तो ऐसा ही इंसान..." इतना कहकर निज़ाम ने आंखें बंद कर ली और फिर उनकी आंखें कभी नहीं खुली।

इस प्रकार फरवरी 1967 में निज़ाम हैदराबाद इस संसार को अलविदा कह गए। उस्मान अली के पिता निस्संदेह एक मारवाड़ी हिंदू थे और उन्हें महल में कैद करके लाया था, पर युवा होने पर इसने सत्ता सूत्र स्वयं हाथ में लिए और हैदराबाद रियासत का एक शक्तिशाली प्रशासक बना, परंतु जब सत्ता सूत्र हाथ से बिखर गए तो उन्होंने तब भी अपने आपको अपने ही महल में कैद पाया था। उसके ही एक गुर्गे ने उसे कैद कर स्वयं निज़ाम बनने का षड़यंत्र रचा था। इस षड़यंत्र से खिन्न होकर ही निज़ाम ने भारत और भारतीय संस्कृति के प्रति पूर्ण आस्था प्रकट की थी और पटेल को अपने सारे राजनीतिक और प्रशासनिक अधिकार सौंप दिए थे। हालांकि पुलिस कार्रवाई की अहम भूमिका भी थी, लेकिन जिस प्रकार उन्होंने भारत संघ में मिलने पर सहमति दी थी, उसे देखते हुए उनको राजप्रमुख के पद पर बैठाना देश के लिए भी गौरव की बात थी।

निज़ाम को झुकाकर हैदराबाद रियासत का भारत में विलय करके सरदार पटेल ने जो उपकार किया है, उसी के कारण उनके चट्टानी व्यक्तित्व से प्रभावित होकर लोगों ने उनको लौह पुरुष की संज्ञा दी और विदेशियों ने उनकी तुलना महान राजनीतिज्ञ वैकियावेली और बिस्मार्क से की है। निःसंदेह सरदार पटेल और हैदराबाद के निज़ाम की कहानी हिन्दुस्तान में युगों-युगों तक प्रचलित रहेगी, क्योंकि यह देश की एकता और अखण्डता बनाए रखने के लिए प्रेरणा पथ का कार्य करेगी।

परिशिष्ट 1

टिप्पणियां

1. तेलुगू संवाद का अर्थ है : भाग्यलक्ष्मी क्या तुम मुझे बहुत प्रेम करती हो।
2. हे भगवान! शरम के मारे मैं मर जाऊं।
3. क्या तुम सच कहते हो।
4. बालय्या द्वारा सुनाई गई किवदंती के अनुसार
5. दीवान जरमनी दास, जो 1895 में पंजाब में पैदा हुए और कपूरथला व पटियाला में मिनिस्टर रहे उन्होंने भी उस्मान अली को मारवाड़ी की संतान ही लिखा है। उन्होंने लिखा है : Besides his many queens, the father had a liaison with a women of ill repute who was the mistress of a Marwari banker. This women gave birth to a boy who resembled the Marwari. It was alleged by the collaterals that this boy was brought to the Palace and declared the son of the Nizam. As the boy grew up, he had the character and resmblance of the Marwari, and likewise his habits of hoarding money.

   -Diwan Jarmani Dass, "Maharajas"
   Orient Paperbacks, Delhi, 1971
6. महाराजा, दीवान जरमनी दास, हिंद पाकेट बुक्स, नई दिल्ली, 2008, पृष्ठ 132
7. दीवान जरमनी दास लिखते हैं : When Osman Ali succeeded to the throne, he turned out of the palace all members of the royal family and some of them actually became street beggars. Salabat Jah and Basabat Jah appealed to the British Government to restore to them the kingdom of Hyderabad saying that they were the legitimate sons of the Nizam and that Osman Ali was a usurper and not the son of the Nizam.

   -"Maharajas", page 189
8. उस्मानिया विश्वविद्यालय सर अकबर हैदरी के सुझाव पर 1917 में स्थापित किया था। वास्तुकला की दृष्टि से उत्कृष्ट इसकी दीवारों की सज्जा फूलों की जाली से की गई है और उनके बीच में संगमरमर का महीन काम किया गया है।

9. وہ حیدرآباد سلطنت کا اصلی وارث نہیں ہے بلکہ ایک قیدی ہے۔

تواریخ نظام شاہی

'The Last Nizam' नामक अपनी पुस्तक में John Zubrzycki ने भी लिखा है कि सलावत जाह ही वास्तविक उत्तराधिकारी था। उन्होंने लिखा है कि In late August 1911, Rahat Begum was stalking Mahboob Ali Khan through the corridors of the Purani Haveli insisting that her son Salabat Jah should be the next Nizam on the grounds that she was his legal wife.

- 'The Last Nizam' , page 107

10. محل کی قیمت کا تخمینہ لگوالیا گیا ہے اور جو قیمت طے پائے وہ سلاوت جاہ کو دلا کر محل خود ہمارے قبضے میں رہنے دیا جائے۔

تواریخ نظام شاہی

11. सन् 1982 में गांधी विद्यालय इंटर कालेज, खेकड़ा में शिक्षक श्रीनिवास त्यागी जी ने पढ़ाते समय हमें यह प्रसंग सुनाया था।
12. महान हस्तियों के हास्य विनोद, विजयचंद जैन, हिंद पाकेट बुक्स, पृष्ठ 27
13. सालारजंग अद्‌भुत चीज़ों के संग्रह में बहुत अधिक दिलचस्पी रखते थे। आज़ादी के बाद हैदराबाद में उनके द्वारा एकत्र की गई वस्तुओं को एक विशाल म्यूजियम में स्थापित किया गया है। मूसी नदी के किनारे स्थापित किए गए इस म्यूजियम का नाम सालारजंग म्यूजियम ही रखा गया है। एक ही व्यक्ति द्वारा स्थापित की गई चीज़ों का सालारजंग म्यूजियम, हैदराबाद दुनिया का सबसे बड़ा अजायबघर है। दुनियाभर में एकत्र प्राचीन और मानवीय कलाकृतियों का यह एक नायाब खजाना है।
14. गधा...चोर...
15. गोलकोंडा तेलुगू के दो शब्दों से मिलकर बना है–गोल्ला और कोंडा, जिसका अर्थ है गड़ेरिया की पहाड़ी। गोलकोंडा किला में फतेह दरवाजे की छतरी पर बजाई ताली की आवाज दूर कहीं शिखर स्थल पर सुनी जा सकती है। ब्रिटिश राजमुकुट का विख्यात कोहेनूर हीरा यहीं की खान से निकाला गया था। गोलकोंडा किले की खास चीज़ों में महलों की ध्वनि व्यवस्था एवं जलापूर्ति व्यवस्था प्रमुख हैं। यहां प्रसिद्ध रब्बन तोप भी है। इसे गोलकोंडा शासकों के लिए हुई अंतिम लड़ाई में प्रयोग में लाया गया था और इसी जंग में गोलकोंडा फतह कर लिया गया था।

16. गोलकोंडा किला के पास इब्राहीम बाग में कुतुबशाही के सात शासकों के मकबरे हैं। सुंदर उद्यानों के बीच मेहराबों से आच्छादित इन गुंबदकार मकबरों का आधार वर्गाकार है।

17. पूर्व की विजय का चाप कहलाने वाली चारमीनार हैदराबाद शहर के मध्य में स्थित है। किवदंती के अनुसार कुतुबशाही वंश के पांचवें शासक मोहम्मद कुली कुतुबशाह ने इसे हिंदू पत्नी भागमती के सम्मान में बनवाया था। चारमीनार का केंद्रीय भाग 180 फीट ऊंचा है। इसकी एक दीवार से सटा हुआ एक प्राचीन छोटा-सा मंदिर भी है। चार-मीनार के दक्षिण-पश्चिम में मात्र सौ गज की दूरी पर दक्षिण भारत की सबसे बड़ी मस्जिद मक्का मस्जिद स्थित है। मक्का मस्जिद का निर्माण बादशाह अब्दुल्ला कुतुबशाह ने 1614 में शुरू किया था और इसे 1685 में औरंगजेब ने पूर्ण कराया। उतुंग स्तंभों वाली यह एक अत्यंत भव्य और प्रभावशाली मस्जिद है। इसके प्रवेश द्वार की महराबें ग्रेनाइट की एक शिलाखंड से बनाई गई हैं। इसके एक अहाते में असिफजाही के शासक दफन हैं।

18. जेवियर मोरो ने लिखा है : After the introductions, the Nizam's private secretary approaches Anita mysteriously, and asks her to be so kind as to follow him for a moment. "How surprised I was when he showed me a magnificent Jewellery case of blue velvet, which he gave me on the Nizam's behalf as a gift, begging me to accept it and not to doubt his good intentions!" Anita writes in her diary.

-Javier Moro, Passion India,
Full Circle, New Delhi, 2008, p318

19. Dominique Lapierre & Larry Collins ने 'Freedom at Midnight' में लिखा है : The Nizam of Hyderabad combined his passions for photography & pornography to amass what was believed to be the most extensive collection of pornographic photographs in India. To assemble it, the ageing Nizam had disguised in the walls and ceilings of his guests' quarters automatic cameras that faithfully recorded all that went on in them. He had even installed a camera behind the mirror in his palace's guest bathroom. The cemera's harvest, a portrait gallery of the great and near-great of india relieving themselves on the Nizam's toilet, had pride of place in his collection.

- 'Freedom at Midnight' , page 191

20. The most recent report in the Nizam,s file dealt with the British Resident's efforts to make certain that the sexual proclivities of his son and heir were those befitting a future Nizam. As tactfully as he could, the worthy gentelman alluded to certain report reaching his ears which indicated the young prince's tastes did not encompass princesses. The Nizam summoned his son. Then he ordered into their presence a particularly attractive inmate of his harem. Over the embarrassed protest of the Resident, he instructed his son to give an immediate and public refutation of the dastardly insinuation that he might not be inclined to continue the family line.

- 'Freedom at Midnight' , page 192

21. जुनून, जेवियर मोरो, पृष्ठ 336
22. निज़ाम की रियासत में जीव-जंतुओं की सैकड़ों प्रजातियां थीं, जो वनों में विचरण करती थीं। शासक होने से वनों पर निज़ाम का ही एकाधिकार था, इसलिए वे दिल खोलकर आखेट का आनंद लेते थे। स्वतंत्रता के बाद निज़ाम के आखेट स्थल की लगभग 300 एकड़ जमीन को चिड़ियाघर में बदल दिया गया। नेहरू जूलाजिकल पार्क के नाम से विख्यात इस चिड़ियाघर में आजकल जीव जंतुओं की 250 प्रजातियां हैं और यह देश का सबसे बड़ा चिड़ियाघर है।
23. जेवियर मोरो की पैशन इंडिया, जरमनी दास की महाराजा और तवारीख़ ए निज़ामशाही में अनीता व निज़ाम की विशेष कक्ष में मुलाकात का उल्लेख है।
24. भारतीय राजा-महाराजाओं के संगठन का नाम 'चांसलर ऑफ द चैंबर ऑफ इंडियन प्रिंसेस' था। इसके अंतिम अध्यक्ष पटियाला के आठवें महाराजा हिज मोस्ट ग्रेशस हाइनेस यादवेंद्रसिंह थे।
25. गांधी वध क्यों?, नाथूराम गोड़से, वितस्ता प्रकाशन, 1206/1, बी शिवाजी नगर, पूना-4, संस्करण 1985, पृष्ठ 110

    'Freedom at Midnight' में भी विदेशी विद्वानों द्वारा इस बात का उल्लेख किया गया है कि नाथूराम को गांधी जी की पाकिस्तान को 55 करोड़ रुपये देने की हठ अच्छी नहीं लगी थी, क्योंकि उस धन का दुरुपयोग पाकिस्तान द्वारा कश्मीर व हैदराबाद में भारत विरोधी गतिविधियों में किया जाना निश्चित था।
26. 1562 में निर्मित हुसैन सागर झील सिकंदराबाद को हैदराबाद से अलग करती है। आजादी के बाद इस झील के पुश्ते के किनारे 30 ऐतिहासिक व्यक्तियों की मूर्तियां स्थापित की गई हैं। टैंक बंड के नाम से प्रसिद्ध इस झील के मध्य

जिब्राल्टर चट्टान पर 16 फुट ऊंची और 350 टन की एक ही शिलाखंड पर बनी भगवान बुद्ध की विशालकाय मूर्ति स्थापित की गई है।

27. यदि जिन्ना की मौत न होती तो पाकिस्तान हैदराबाद को हर संभव सहायता देकर भारत की एकता में रोड़ा अटकाता।

'Indian Summer' में Alex von Tunzelmonn ने लिखा है कि Specifically, he asked wheather Pakistan could guarantee that food, weaponry and troops be supplied...

-'Indian Summer', page 223

निज़ाम के गुर्गे हैदराबाद को स्वतंत्र देश बनाने के लिए विश्व स्तर पर एड़ी-चोटी का जोर लगा रहे थे।

'The Story of the Integration of the Indian States' में V.P. Menon ने लिखा कि If the Union government takes any action against Hyderabad, 100,000 men are ready to join our army. We also have 100,000 bombers in South Arabia ready to bomb Bombay.

28. साठ सालों का ब्याज जोड़कर अब यह राशि तीन करोड़ पाउंड यानी 250 करोड़ रुपए हो गई है। संप्रग सरकार के केंद्रीय विज्ञान एवं प्रौद्योगिकी राज्यमंत्री कपिल सिब्बल ने इस राशि को भारत सरकार को दिलाने की पैरवी की थी, लेकिन इसका कोई निष्कर्ष नहीं निकल पाया। —इंडिया टुडे, 14 मई 2008

29. हैदराबाद में 1926 में मजलिस-ए-इत्तेहाद-उल-मुसलमीन नामक संगठन स्थापित किया गया था, जिसका उद्देश्य निज़ाम के समर्थन में मुसलमानों को संगठित करना और हिन्दुओं का धर्मपरिवर्तन करके राज्य में हिन्दू बहुमत को घटाना था। धीरे-धीरे यह संगठन बहुत शक्तिशाली हो गया तथा स्वतंत्र मुस्लिम राज्य बनाने के स्वप्न देखने लगा। क़ासिम रिज़वी 1944 में इत्तेहाद के नेता बने थे। रिज़वी ने नाजी पद्धति द्वारा शत्रुओं पर एकाएक आक्रमण करने वाला सैनिक दस्ता खड़ा किया था, जिसके सदस्य रजाकार कहलाते थे। इसकी सैनिक कवायद और परेड हैदराबाद में प्रतिदिन होती थी। निज़ाम को क़ासिम रिज़वी से डर लगता था, क्योंकि क़ासिम रिज़वी निज़ामशाही का विस्तार दिल्ली के लाल किले तक करने का सपना देखा करता था। नवंबर 1947 में उसने पटेल से भी भेंट की थी। वह अपने आपको गजनवी और बाबर का असली वारिस बताता था। K. M. Munsi ने 'The End of the Era' में निज़ाम के गुर्गे के सपने का वर्णन इस प्रकार किया है : We are the grandsons of Mahmood Ghaznavi and the sons of Babur. When determined, we shall fly the Asaf Jahi Flag on the Red fort.

- 'The End of the Era' , page 163

परिशिष्ट 2

संदर्भ सूची

हमने इस ग्रंथ को लिखने के लिए कई उन लोगों का साक्षात्कार भी किया है, जिन्होंने निज़ाम का शासन देखा और हैदराबाद मुक्ति आंदोलन में अपनी महत्वपूर्ण भूमिका भी निभाई। इसके अलावा एक दर्जन संबद्ध ग्रंथों का गहन अध्ययन और मनन किया गया है, और इस कथा का संपूर्ण सारांश विभिन्न महानुभवों के साक्षात्कार और संबंधित पुस्तकों पर आधारित है। प्रथम परिशिष्ट में प्रमुख स्रोतों की कुछ टिप्पणियां भी दी गई हैं, इनके अलावा कुछ प्रमुख आधार ग्रंथ इस प्रकार हैं :

ग्रंथ	**लेखक/संपादक**
आंध्र प्रदेश का गौरवशाली इतिहास	सदानंद नरसोजी
फ्रीडम एट मिडनाइट	लापिएर, कॉलिन्स
पैशन इंडिया	जेवियर मोरो
महाराजा	दीवान जरमनी दास
महारानी	दीवान जरमनी दास
भाग्यनगर दर्पण	सुधाकर रेड्डी
श्रद्धानंद बलिदान अर्धशताब्दी स्मारिका	क्षितीश वेदालंकार
टाइम पत्रिका	निज़ाम विशेषांक
उस्मान या उमेश	रामदरश शर्मा
भाग्यलक्ष्मी चरित्रमलु	जी. चिन्नैया
भारत का इस्ताम्बुल	अज़हर
द लास्ट निज़ाम	वी. के. बावल
द लास्ट निज़ाम	जान जबरजिक्की
द एंड आफ द इरा	केएम मुंशी
सरदार पटेल तथा भारतीय मुसलमान	रफीक जकारिया
आत्मकथा	जनरल जेएन चौधरी
द हिन्दू नेशनलिस्ट मूवमेंट एंड इंडियन पालिटिक्स	क्रिस्टोफ जैफ्रीलो
इंडियाज बिस्मार्क	बी. कृष्ण